任性出版

若無相見，怎會相欠

民國大師的愛情——
縱橫江湖的他們，
最後卻愛成了凡夫俗子

當當網知名部落客
何灩——著

目錄

第二章
鏗鏘玫瑰，也因柔情似水 077

第三章
傷情——相見爭如不見，有情何似無情 147

第四章 多情人自是有情痴，留恨不關風與月 249

推薦序一

坎坷的愛情再難，也難不過自棄

女性自媒體作家／白櫻

因時代背景不同，民初名人們的愛情比我們更坎坷、有更多的考驗，也綻放出更加美麗的火花。透過本書一篇篇精彩的章節，作者讓我們見證了無數個動人心弦的愛情故事。

書中總共介紹了二十七對名人的愛情故事，其中令我印象最深刻的，是畫家吳作人和蕭淑芳的經歷。

他們早在學生時代就相識，但吳作人給蕭淑芳留下了不好的印象，兩人之間的緣分也就不了了之。再相見時，女方正因結核病被丈夫拋棄，男方的妻子則被炸彈炸死，孤單的兩個人又因緣分而重逢；能夠再次遇見曾經愛慕的蕭淑芳，吳作人喜出望外，無懼傳染風險的細心照料並呵護蕭淑芳，終於在兩年後娶到了心上人。有緣的人，疾病和時間都無法阻隔他們結合，而蕭淑芳失去了人品差的丈夫，卻收獲一個真心愛她的人，其中最重要的關鍵仍在於她本身的品質——她是一個美好的人，才能遇到一樣好的另一半。

至於我們熟知的徐志摩情史，也收錄於本書。在新舊交替的時代中，男人們一面接受著父母安排的婚配，一面追求心中真正所愛，這也是民初時代才有的奇異景象。徐志摩對於這命定的安排一直憤憤不平，於是將這股不滿轉嫁到張幼儀身上，不講道理的要求和她離婚。張幼儀接受了，一如傳統婦女應具備三從四德的要求那樣，默默承受丈夫對她做的一切，但她沒對命運妥協，而是靠自己的力量站了起來，創辦女裝商店，擁有自己的一片天，但同時也未拋棄傳統美德，仍然照顧徐志摩父母直到最後。由此可見，丈夫的拋棄反而使張幼儀更加茁壯，這是我們現代女性都該學習的範本——離婚不可怕，自棄才可怕。

反觀陸小曼的一生，她出生於富貴人家，有著一身的才華，卻縱情於享樂，即使離婚再嫁徐志摩，也無法得到婚姻幸福，畢竟愛情是需要一點犧牲的，兩人都為彼此改變一些，才能湊成圓滿。徐志摩生前一直盼她發揮所長，做個畫家，但她總是嫌累置之不理，待得徐志摩死後，她才痛改前非，不再出去交際，並且試著創作。張幼儀與陸小曼兩人，一個「被棄」，一個「得到」，結局卻大不相同；前者將一手爛牌打成了好牌，後者卻鬱鬱而終……。

觀看名人的愛情故事時，我們也能在他們身上找到自己的影子，有時欣羨他們擁有美好愛情，有時反思自己是否也有相同的勇氣，更要將前人失敗的例子引以為鑑。從這許許多多的故事中，我們不只能看到風花雪月，更能發現一個個精彩紛呈的人生縮影，進而將前人經歷看作老師，值得我們研究、學習以及反思。

推薦序二

如果民國有網路……

作家／H

感情的事，亙古不變，或許那是因為，人性始終沒有在這件事情上進化過。

《若無相見，怎會相欠》一書讀畢，我個人思緒被勾起千絲萬縷，身為作家的浪漫個性與無遠弗屆的聯想，更因此奔馳不已。除了因為作者提綱挈領的帶出這麼多段民國時期的愛情故事，讓人不禁想回頭鑽讀每段傳奇愛情的深入過程之外，一種古今對照的念頭，更是強烈的占據我的心頭。

如果以現在的網路環境而言，本書所列出的每個人物，用現代人的文字來描述，應該個個都稱得上是網紅或KOL（關鍵意見領袖）吧！可以接續想像他們寫給每位對象的情書及文字，應該都會變成所謂的金句，在網路上廣為流傳，有才氣之人甚至能配上自己畫的手繪圖，點閱率可能會更高一些。然而在我看來，最為精彩的，應該是在「全民狗仔」的現代，對於已然成為傳奇的民國名人的愛情觀與羅曼史，大家又會在這些故事底下，發表什麼留言呢？

例如魯迅的忘年之戀，如果放到今日審視，可以預見這對相差十七歲的大學教授與學生之間的網路截圖（書信往返如《兩地書》），將被網友大大流傳；此外，魯迅在這段感情裡，始終放著原配朱安不理，一輩子都沒有碰觸過對方，不知道這麼偉大的革命家，會否因為感情觀反被網友轟得一塌糊塗，進而影響後世人對他的觀感？又或者，他依舊可以保持他的歷史地位，甚至讓世人的愛情觀有所改變？

不管怎麼看，「浪漫」都是愛情創作的最大動能，「殘缺」也是愛情絢爛最不可或缺的元素。看看張愛玲對待胡蘭成的痴心，再比對胡蘭成這個人對於愛情的不羈與隨性，放在現今的談話節目裡，或許我們會聽到精神科醫師鄧惠文坐在攝影棚內，分析著張愛玲對於愛情的投射心理，以及胡蘭成的人格扭曲狀態——但就是因為這些「不一般」，才會成就出一段淒美卻又廣為流傳的愛情故事。說實在話，現代人對於追求愛情的痴迷，遠不如這些民國文豪名人之流，只因大家越來越懂人性，越來越了解愛情。當你開始對一件事情的來龍去脈做遍研究，又怎麼會奮不顧身，投入一切去勇於嘗試並捨身碰撞呢？

可想見，現時今日不會再出現第二個徐志摩，光是看作家苦苓一次外遇離婚，就搞到歸隱山林十載，差點就此銷聲匿跡，更不要提徐志摩拋棄原配張幼儀，明目張膽追求林徽因，最後甚至和同學的老婆陸小曼結了婚，這放在現代的社群網站上，光是被酸民炮轟，就足以讓徐志摩體無完膚！

你要說這是因為現代人比較有風骨，我比較想說，是因為古代人比較懂愛情。

推薦序三

愛情是相見的緣分，相欠的取捨

女王的教室國文老師／陳怡嘉

愛情是相見與相欠的捨與得，在得失之間，不論最終結果，存留於心的，便是最好的回憶。

愛情是最難修的學分，但我們可藉由閱讀滋養自己的智慧，從他人的故事中，找到學習的借鏡。在本書的第一章，我們看到了兩相珍惜，學習到經營的智慧；第二章裡，我們見到愛情最讓人渴求的燦爛；但也有第三章與第四章中，關於愛的執著與失落、地獄或牢籠。

綜觀這些愛情故事，有愛也有遺憾，從相見到相欠的得失之間，都是智慧。好的情感是：我或許沒有那麼好，也不需要那麼好，你依然愛我；你也或許沒有那麼好，也根本不需要你那麼好，但我依然珍惜——其實，愛情與任何關係都應如此，愛對方的本然，不強求改變，只要彼此磨合包容，能夠牽起手相走相伴，即是幸福。

愛情也講態度。愛情是為生活加分的元素，但絕不能視為生命的唯一。不論愛情是否降臨，不論上天安排與否，你都應該繼續如花盛開、精彩！生命始終屬於你自己，伴侶終究只是陪伴的人，人生這條路，當你自能精彩，就有自信魅力，便不會在其中進退失據。愛情的發生源自於獨一無二的你所散發的氣質，你本獨立自由，且自帶光芒萬丈，不論是否有愛情，你都應該是你，努力維持獨有的光芒與翅膀，讓自己越來越好，那是生而為人的必要與快樂。

然而，很多人一旦投身愛情，卻在其中變得渺小、平淡，最後迷失自我。當把愛當成痛苦的救贖，把生活的課題寄託於對方，把自己的難題留待對方去解決，過度依賴就成了悲哀，使得對方越來越高大，自己卻越來越渺小，也失去了魅力，愛情從而變成情緒勒索或者角力戰，甚至成了窒息的牢籠。因此，讓愛情保鮮的方法，是一同成就，一同前進；讓愛情死去的方法，是其中一人的靈魂先選擇了凋零，進而腐化了另一人。

從相見到相欠，有愛與不愛的智慧和取捨，堅持未必不能守得雲開見月明，至於放手也可能是更好的遇見，無論何種選擇，終歸於自己的心。當你的狀態很好，就能夠獨立於情感的依附之上，看透這段關係中最珍視的部分，一旦所重視的價值超越其他，就有堅定的意義；相對的，當你狀態不好，在愛情裡看不清自己，也看不清對方，最終會變成一個枷鎖，困住了彼此，進而耽誤了一生。

願我們都能在這些愛情故事中，發現愛的奧祕，讓最好關係能夠是「我們各自獨立精彩，但緊密相愛」。花若盛開，蝴蝶自來；你若精彩，天自安排；天未安排，你仍精彩——先有了精彩的自己，才會有盛開的愛情！

前言

民國，自是有情時代

若說民國，便逃不開愛情的話題。那些被貼上愛情標籤的名字，想必已在人們心中爛熟。試想，誰不知張愛玲那段讓她「低到塵埃裡」的愛情？誰又不曉徐志摩那場有違「人倫道德」的婚姻？這些時代的標誌性人物，儼然已被打上時代的烙印，他們的故事，經人口口相傳、筆墨渲染，平添幾許風月和幾分趣味，徒增後人的想像和感傷……也許，這就是民國作為一個新舊交替的時代的魔力，爛若披錦，卻耐人尋味。

毋庸置疑，這是個蘊藉風流的時代，催生才子佳人；這也是個卓犖不羈的時代，盛產美女英雄。我們痴迷於玩味民國愛情，不僅僅因為愛情本身，還有那個大背景下的國恨家仇、是非恩怨，以及兵戈擾攘、煙火傳奇之類關鍵字。這個時代不是才子佳人的愛情專場，除卻文人以筆代矛的多情浪漫，還有英雄力挽狂瀾的鐵骨柔情，以及名士隱遁江湖的繾綣風流。在品讀愛情之餘，我們研究他們的身世，評議他們的風骨，慨嘆他們的際遇……這個時代所特有的，都能成為我們津津樂道的話題。那麼，就讓我們在這本書裡，一起溫習愛情、科普愛情。

民國之愛情，註定被賦予強烈的時代特色。當古典氣質逐漸被現代風情取代，當東西方文化逐漸融合，才子和佳人對自由式愛情的追求最先覺醒。他們對靈性合一的自我成全，往往以違背封建大家庭下的禮儀為前提，所有被掙脫的桎梏背後，都須承受來自世俗的蜚短流長，甚至千夫所指。然而，就愛情論愛情，他們的勇氣可嘉。正如徐志摩，他的「離經叛道」終有陸小曼為他素服度餘生來報答。

然而不得不說，**在那樣的時代，花前月下只是奢侈**，而舉案齊眉、患難與共、生死相隨才是主題。綜觀民國愛情，我們所看到的，更多是**超越時間與空間的生死契闊**。有人為了愛情，在擦肩而過二十年後，依然能衝破疾病的障礙與世俗的偏見，再續前緣，一如吳作人（詳見第三十一頁）；有人為了愛情，義無反顧的跨越國界，將他鄉作故鄉，飽受命運的摧折，卻至死不悔，一如戴乃迭（詳見第五十七頁）；有人為了愛情，獨身半個多世紀，只因心中住亡靈，一如唐圭璋（詳見第六十四頁）；有人為了愛情，不惜花費七年時間，為愛人建造「人間天堂」，一如史量才（詳見第七十八頁）……這亂世愛情，也許難免感傷，甚至幾多悲情，但真愛本身，卻可貴可敬，令人高山仰止。

民國更多是多情。誰叫這是一個活色生香的時代，才子佳人競風流，免不了要留下若干香豔故事。他們至情至性，卻「博愛」無邊，背負一個多情名號混跡於世，要麼情無所依，孤獨終老，一如吳宓（詳見第二八九頁）；要麼看破紅塵，皈依佛門，在晨鐘暮鼓中了此殘生，一如蘇曼殊（詳見第二六八頁）與李叔同（詳見第二八一頁）。總之，**這是一個人物品藻、任誕**（按：出自《世說新語》的類目，指任性放縱）**風流的時代**，並不是幾句情詩就能描摹出它陽春白雪的風情，訴盡它滄海桑田的蒼涼。然而，這些詩詞中的人和事，卻是精心鉤沉、極具時代特色，讀後方知——民國自是有情時代。

第一章 用情至深，歷劫捨身

亂世中的愛情圓滿，尤為難求。命運的車輪，輾過烽火樓臺，輾過家門臺階，碾碎團頭聚面。家國巨變，演繹多少悲歡離合。因著那一抹深情，再遠的愛人，都會聚合；再艱難的愛情，都能天長地久。

1. 紅學大師俞平伯，戀家守土只為伴許寶釧

《身影問答》——俞平伯

身逐曉風去，影從明鏡留。
形影總相依，其可慰君愁。
顏色信可憐，余愁未易止。
昨夜人雙笑，今朝獨對此。

一九二〇年一月，十九歲的俞平伯偕同北京大學的同學傅斯年，乘輪船赴英國留學。可是，在浩渺的海上，俞平伯想起家中的夫人許寶釧，思念之情油然而生，遂提筆寫下《身影問答》、《庚申春地中海東寄》等詩，以遙寄夫人。而到了英國後，他對許寶釧的想念，更是如同雜草般纏繞於心，最後竟不顧傅斯年的勸阻，只在英國小

住了十多日，便打道回府，回到他與她的溫暖小家。

一九〇〇年，俞平伯出生於蘇州馬醫科巷曲園春在堂，祖籍為浙江德清。他的曾祖父俞樾為清末著名學者（樸學大師），父親俞陛雲則為探花，俞平伯從小受到古典文化薰陶，對古典文化十分有感情。他十五歲那年，考入北京大學預科；而就在他念北京大學期間，即一九一七年十月，便與許寶釧結縭於北京東華門箭杆胡同寓所。

許寶釧是俞平伯舅父的女兒，出身名門，其父是高麗國的仁川領事，她從小便隨父親前往高麗國，頗有大家閨秀的氣質。回國後，許寶釧又隨父親一起在蘇州定居，平日裡常到俞家，與俞平伯姐弟一起玩耍，並與俞平伯的姐姐一起學琴，因此**她與俞平伯，算得上是青梅竹馬**，兩小無猜。

俞平伯與許寶釧成婚的時候，俞平伯年方

▲ 許寶釧（左）與俞平伯。

十八，許寶釧二十二歲，長他四歲。許寶釧的弟弟許寶馴，曾撰文記錄了姐姐與姐夫的結婚場景。結婚那日，許家父母將女兒許寶釧從蘇州送到北京，讓年僅九歲的許寶馴和姐姐作伴。到了北京火車站後，他們姐弟倆分別坐在一輛手推獨輪小車的兩邊，一路咯吱咯吱、顫顫顛顛的駛向俞平伯的北京臨時寓所。婚禮上，俞平伯按照岳父的意思，穿上彩衣繡袍，戴上紅絨纓帽，帽子上還插著金花，整個人好不神氣。北京大學的教授黃侃，以及俞平伯的同班同學許德珩、傅斯年、楊振聲等人，都前來參加他的婚宴，見證他的幸福時刻。雖然當時的俞平伯尚在念書，但像他這樣，在讀書期間結婚的人比比皆是。比如他的同學傅斯年，早在一九一一年便結婚了，而另一位同學楊振聲，其長子當時也已經六歲了；一經相比，俞平伯並不算早婚。

婚後，俞平伯與夫人許寶釧情投意合，日子過得十分順意。俞平伯從北京大學畢業後，回到杭州第一師範學校任教，攜夫人居住在西子湖畔，在那一池春水旁，與她過著不羨鴛鴦不羨仙的日子。許寶釧不僅會寫詩作畫、工於書法，還精於彈琴，擅長崑曲，每次俞平伯進行創作，她便為他抄謄，兩人的配合足具默契。俞平伯發表於一九二二年的第一本新詩集《冬夜》，正是經過許寶馴抄謄兩遍的心血；若他醉心於研究《紅樓夢》之際，她便為他研墨打扇，紅袖添香。就是在這孤山俞樓（按：俞樾和俞平伯的舊居）中，他完成了流傳後世的《紅樓夢辨》，提出許多關於《紅樓夢》的獨到見解與觀點（認定後面四十回為高鶚所續），成為「新紅學派」的創始人，也因此被譽為「紅學大師」。

而另一方面，由於**許寶馴喜好崑曲，俞平伯也受之影響**，對崑曲產生了極大的興趣，只可惜每次都是她唱他聽。儘管他曾認真模仿她的唱腔，但不知是不是因為有點五音不全，怎麼也無法參透其中的曲折奧妙，唱出的曲調十分怪異，常惹得許寶馴哈哈大笑。後來，他**向曲學家吳梅拜師**，曲藝才終於有所精進。從這一小事可以看出，俞平伯對夫人許寶馴，確實動了十二分的心思，只為與她琴瑟相和、比翼雙飛。

在一九二〇、一九三〇年代，出國留學十分盛行，當時許多知識分子對此趨之若鶩。俞平伯自然想趕一回流行，於是也積極申請到了一個赴英留學的名額。然而，剛登上遠行的郵輪，他就後悔了，因為他開始無比思念夫人許寶馴。

身在茫茫的大海上，雖有好友傅斯年相伴，但只因沒有許寶釧在身畔，俞平伯便覺得周遭淒涼。他想起昨夜，她還與他在燈下吟詩唱和，與他探討《紅樓夢》，而只隔了一夜，他與她便無奈分離。此時的她，也一定在家中牽掛著他的旅途安危吧，一如他對她的牽掛。一思及此，他不由得一陣心酸，恨不得輪船能立即調頭回岸。此時此刻，他只想回到家中，看她的笑顏，喝她泡的清茶，過著平淡悠閒的如常日子。

但同時，他也恨自己的不爭——作為堂堂的七尺男兒，竟因眷戀起兒女情長，而置學業與前程於不顧。然而，這般可稱得上是「理性」的想法，最終並沒有占上風。當他到達英國之後，僅作短暫停留，隨即毅然決然的回到西子湖畔的孤山俞樓。在他心心念念的家中，他朝思暮想的妻子早已為他泡好了一杯上好龍井茶。他安然享受著這一切，心想：能在現世中，一生過著此般安穩恬淡的生活，又有何不可呢？志在四方是丈夫，戀家守土，難道就不丈夫了嗎？

抗戰期間，他們以唱曲自娛，以賣物維持生計，日子雖然清貧，卻滋潤溫馨。文革時，**七十歲的他被下放到河南幹校**（按：幹部學校的簡稱，文革時期用來對中國黨政機關幹部、科研文教部門的知識分子，進行勞動改造、思想教育），**她毅然與他相隨**。在幹校，他們一邊種菜、搓麻繩，一邊繼續著他們的「業餘」愛好：品詩文、唱崑曲、議紅樓，偶爾還會打打橋牌。別人眼中「淒風苦雨」的日子，竟被他們過得有聲有色。

一九七七年十月二十八日，是他們的結婚六十週年紀念日。這一天，他們將居室布置成洞房的樣子，如同回到新婚。而俞平伯更在此前花了一年的時間，幾易其稿，寫成了七言長詩《重圓花燭歌》，將自己與夫人許寶釧「婉婉同心六十年」、「悲歡離合幻塵緣，寂寥情味還娛老，幾見當窗秋月圓」的經歷盡收其中。葉聖陶在評論此詩時，嘆道：「此乃注入了（俞平伯）畢生情感。」

沒過兩年，許寶釧便因病住院了。**在與她分開不到一個月的時間裡，俞平伯寫了二十多封信給她**，並在信中囑咐道：「只寫給妳看看，原信箋請為保存。」然而，年邁的她終究無法與命運抗衡，沒過多久就痛別人間，離他而去。俞平伯的世界，從此黑白不分——他為她寫了無數的悼亡詞，還把她的骨灰盒放在榻前，朝夕相伴；即使病重之時，他也固執的不願離開存留著骨灰盒的臥室。

最後，他也走了，雖然與她的離去，隔了些流年，但他知道，她一定在那頭等他，若是等不到他，她也不會走。

2. 吳作人錯過蕭淑芳，二十年後壽梅好合

《題〈雙驥圖〉》——徐悲鴻

百年好合休嫌晚，茂實英聲相接攀。
譬如行程千萬里，得看世界最高峰。

一九四八年六月五日，四十歲的吳作人與三十七歲的蕭淑芳喜結良緣，恩師徐悲鴻送上一幅《雙驥圖》作為賀禮，並題下此詩作為賀詞。不為人知的是，「百年好合休嫌晚」這一句，正是這對新婚夫婦愛情際遇的真實寫照。

他與她，原本相識於二十年前，可在他們此番結縭之際，已各自經歷過一段婚姻。其間錯失的一大段時光，又是怎樣的令人扼腕喟嘆呢？

二十年前，吳作人與蕭淑芳都風華正茂。是時，吳作人是中央大學藝術系的才

子，才華橫溢，風度翩翩；蕭淑芳則是該系的旁聽生，學習油畫和素描。十八歲的她明眸善睞、端莊嫻雅，舉手投足間京韻十足，引來無數男生的注意，其中不乏一些愛慕的眼神。吳作人那時鋒芒畢露，心高氣傲，自然無暇去關注這位旁聽生——直到有一次，他**進到老師徐悲鴻的畫室，看到了倚窗側立的她**。她窈窕的身材、美麗的側影、典雅的氣質，令他瞬間屏住了呼吸。電光石火間，他的心開始沉淪。

此後，在油畫和素描課上，他總是坐在最後一排，眼光追隨著她，注視著她的一舉一動；她的巧笑倩兮，她的凝眉靜思，皆令他心動不已。別人都在聽老師講課，他卻一個人悄悄的畫她的速寫，起筆處，是他對她的深情；落筆處，是他對她的眷戀。這位曾經自恃清高的才子，頓時陷入深深的苦惱中。他沒有追女孩子的經驗，不知

▲ 蕭淑芳戶外寫生。

道該怎樣向對方表達自己的心意，更何況連和她說話的機會都很渺茫。

不過這天，機會終於來了。吳作人正在徐悲鴻的畫室練畫，蕭淑芳推門而入。原來，她帶來了自己的習作《一筐雞蛋》，想讓老師徐悲鴻指點一下。吳作人故作鎮定的湊上去，看了一眼畫作道：「**畫中的雞蛋是妳買來的嗎？**」這無疑是很沒水準的一句話，也是這位少年才俊在慌亂中的「口不擇言」。如此俗氣的搭訕，自然遭到了佳人的一番白眼，蕭淑芳沒有理他。自尊心極強的吳作人脆弱而敏感，在遭到蕭淑芳的白眼和冷落之後，決定放棄對她的愛戀，不再關注她，即使見面也不再和她說話。

兩人之後的人生，自然是路歸路，橋歸橋；他們都成了畫壇的新星，也都各自結婚生子。

然而，命運也許是有意與他們開個玩笑，他們彼此的婚姻，竟都不盡如人意。結婚後的蕭淑芳，因一次盲腸炎手術而感染了腹膜炎，最後竟轉化成結核病，一到傍晚便開始發燒，高達四十多度，而且每次發作，都要持續到凌晨才能退燒。儘管她遍求名醫，卻也未能治癒，不得不臥於病榻長達三年之久。就在她臥床期間，其丈夫也狠心棄她而去，她只好帶著兩歲的女兒艱難度日，陷於一種人生慘澹的悲傷與落寞中。

與此同時，已成為知名畫家的吳作人，也遭遇了喪妻失子之痛。他在比利時留學期間，與比利時女孩李娜相戀並結縭。婚後，李娜隨他回國來到重慶，飽受戰亂之苦，並於一九三九年慘死於日本的飛機轟炸中；他們的兒子，也在一次意外中夭折。至於他的作品，亦因日本飛機的轟炸而全部銷毀……飽嘗生離死別之苦的他，選擇離開重慶，隻身到大西北採風（按：文藝家去了解民情民風）。

一九四六年六月，吳作人從大後方（按：戰爭時期，遠離前線、可作為抗敵依託的地方。特指對日抗戰中，未被日軍侵占的西南、西北地區）回到上海，展開了他的「旅邊畫展」。其畫作中所展現的大西北風土人情，為曾經淪陷多時的上海畫壇帶來一股粗獷的健康之風，轟動了當時的大上海。**病中的蕭淑芳聽說是吳作人開的畫展，便決心前去看看**。在她的記憶中，這位吳大才子為人極端傲慢，每次與她碰面，都目不斜視，從不理睬。後來，他還因為常常參加田漢領導的「南國社」活動（按：田漢為文藝工作領導者，為中國現代戲劇奠基，後於文革時期被批鬥，一九六八年死於禁閉之中；南國社本來是電影戲劇社，後擴大成文學、繪畫、音樂、戲劇、電影五部），而被學校開除。再後來，她聽說在徐悲鴻的幫助下，他出國留學，之後就再也沒有聽過他的半點消息。

令蕭淑芳意想不到的是，當她拖著病體走入畫展的展廳，仍被吳作人認了出來。吳作人見是故人，而且是曾經心儀的女子，便十分熱情的迎了上去。十多年後再見，前塵往事中的不快，皆被拋之腦後，兩人相談甚歡，如同久別重逢的老友，有著說不完的話，更在得知了對方的不幸遭遇後，惺惺相惜起來。

此後，吳作人成了蕭淑芳愚園路（按：中國上海市中心的一條東西向重要街道）寓所的常客。在**當時**，**結核病如同瘟疫**，人們避之唯恐不及；可是，

▲ 蕭淑芳（左）與吳作人新婚留念（1946 年）。

吳作人卻不管不顧的陪在蕭淑芳身邊，照顧她、鼓勵她，不僅事無巨細，還與她一同切磋繪畫。同時，他還十分疼愛蕭淑芳兩歲的女兒——蕭慧，日子久了，兩人情同父女，蕭慧甚至叫吳作人「爸爸」。對於吳作人所做的一切，蕭淑芳十分感動，並在經過長期的相處之後，澈底改變了以往對他的看法，認為此時的他不再孤傲，而是一個溫情且極富責任感的男人，若說沒有對他動心，那是騙人的。可是，她也有自己的顧慮，總覺得對方這麼好，自己配不上他。吳作人當然知道她的心思，便一邊細心的開導她，一邊耐心的等待。

終於，在**兩年之後**，身體已經康復的蕭淑芳打破了心中的堅冰，答應嫁給一直照顧和深愛著自己的吳作人。於是，在老師徐悲鴻的見證下，這對歷經磨難的藝術家結為了夫妻。

愛是什麼？是否一如婚禮上的誓言，不管貧窮還是疾病，永遠不離不棄？對蕭淑芳來說，她曾經是不幸的。她那給過她誓言的前夫，因無法忍受其病痛拖累，遂棄她而去。然而，她又何其有幸，在陷入絕境、病病殃殃的時候，這個曾經被她無心傷害過的男人，竟不計前嫌的愛她、照顧她，給她重生的勇氣和希望。所以，在真愛的世界裡，誓言是沒有用的，所謂的山盟海誓、花前月下，都不如一次傾心相遇後的全然付出，而愛，也不分早晚。即使他們曾在最美好的韶華相遇，也因為年少輕狂錯失了緣分；而今，他們雖然都到了而立之年，可他們的這份愛，比起那些青春時代轟轟烈烈的愛情，不是來得更深沉與厚重嗎？能夠排除萬難並勇敢結合的兩個人，確是「百年好合休嫌晚」啊！

婚後的吳作人和蕭淑芳因為志趣相投，在繪畫藝術上相互提攜、相互指正，彼此的繪畫熱情都空前高漲。新中國成立後，吳作人擔任中央美術學院的教務長和油畫系主任，蕭淑芳則擔任水彩老師。待徐悲鴻逝世，吳作人先後

▲ 晚年時期的蕭淑芳和吳作人。

接任了副院長、院長的職務，工作十分忙碌。但是，因為有蕭淑芳作為後盾，他不管在工作還是生活中，都激情飽滿，正應了徐悲鴻送他們的「茂實英聲相接攀」那一句。而吳作人對蕭淑芳，更是深情依舊，哪怕是小別幾日，也要寫信給她，相思之情誠然滿溢。

一九九七年，美術巨匠吳作人因病去世，享年八十九歲。在他的遺體告別儀式上，蓋在他身上的白緞上頭，有著蕭淑芳特地繪製的《壽梅圖》，名稱源自他小字「壽」，她小字「梅」。一幅《壽梅圖》，是他們愛情的最後絕響，從此，他們合為一體，生死不離。

3. 十年動盪堅攜手，許廣平捨身報魯迅

十年攜手共艱危，以沫相濡亦可哀。
聊借畫圖怡倦眼，此中甘苦兩心知。

《題〈芥子園畫譜〉三集贈許廣平》——魯迅

魯迅的一生飽經風霜，飽受爭議，只因他筆力遒勁，便有人說他尖酸刻薄，毫不留情。然而，真實的魯迅又是怎麼樣的呢？是否一樣有血有肉，兒女情長？也許唯有他身邊的人，才最有發言權。

在認識許廣平之前，魯迅身邊並無一人——確切的說是沒有女人，儘管他早有家室。一九〇六年，在日本仙台的魯迅被母親騙回老家，奉命娶了山陰縣（按：位於中國浙江省）的朱安女士為妻，女方比男方稍長三歲。然而，作為一位激進青年，他自

然是不迷糊的。成親後沒幾天，他就回日本繼續求學，而在此期間，他與朱安完全相敬如賓，對於洞房之事，一擱就是一生。而那個名叫朱安的女子，一生都以「魯迅原配」的身分活著，除此之外沒沒無聞。

此後的十多年裡，魯迅以筆代矛，一直孤身戰鬥著，在那些動盪的歲月中，一直保持獨身，從未享受到真正的愛情……或者說，只是沒有遇到那個對的人。

直到許廣平出現，魯迅這個不苟言笑的鐵漢，才漸漸生出柔情。

許廣平比魯迅小十七歲，出生在廣東番禺（按：番禺音同潘於，因番山、禺山而得名）一個敗落的官僚家庭，之後從天津的直隸第一女子師範學校（按：河北師範大學、天津美術學院前身，中國最早的女子師範學校）本科畢業，並於**一九一九年投身五四運動**，後任天津女界愛國同志會會刊《醒世週刊》的編輯。

一九二二年，許廣平考入北京女子高等師範學校，不久便認識了北京大學的青年李小輝，兩人很快的戀愛了。然而天不從人願，許廣平不幸得了猩紅熱，並傳染給探視她的戀人；更戲劇化的是，最後許廣平康復了，李小輝卻不治身亡。這件事給許廣平造成了莫大打擊，久久陷於悲痛而無法自拔——直到魯迅出現在她的世界中。

那是一九二三年的秋天，魯迅接受好友許壽裳的邀請，到北京女子高等師範學校講課。當時，身材高大的許廣平總喜歡坐在第一排，所以對初次見到魯迅的情景終身難忘。多年後，她回憶起**魯迅給她的最初印象**，便是那過長的頭髮，看來又粗又硬，筆挺的豎立著，很有「怒髮衝冠」的味道；而他的**衣服、褲子和皮鞋上，全是補丁**，嬌小姐們甚至暗自稱他為「乞丐的頭兒」。但他上起課來十分吸引人，以至於沒有人蹺課。就這樣，許廣平喜歡上了聽魯迅講課，並格外注意起他。

一九二五年三月，在**聽了**

▲ 魯迅（左）、許廣平（中）和友人蔣徑三。

魯迅一年多的課之後，許廣平忍不住想寫信給這位嚴肅又親切、熟悉又陌生的老師。

其實這個念頭動了很久，只是她一直沒有鼓足勇氣。眼看學校正處於動盪的局面，又恰逢畢業在即，她一方面確實有些問題與苦悶想向先生（按：許廣平會稱呼本名周樹人的魯迅為周先生，這裡的先生是老師的意思）請教和傾訴，一方面也怕畢業後就失去機會。總之這一次，她的勇氣完全來了，便在同學林卓鳳的壯膽下寫好了信。

三月十一日，她打完草稿後，又用蘸水鋼筆和黑色墨水，認真的直行抄寫了一遍，並想方設法在第一時間送到魯迅手裡。信的開頭，她這樣寫道：「魯迅先生：現在執筆寫信給你的，是一個受了你快要兩年的教訓、是每星期翹首期盼的、每星期三十多點鐘（小時）中一點鐘小說史聽課的、是當你授課時坐在頭一排的座位，每每忘形的、直率的憑其相同的剛決言語，在聽講時好發言的一個小學生。她有許多懷疑而憤懣不平的話久蓄於心中，這時許是按捺不住了罷，所以向先生陳訴。」

信寄出後，許廣平坐立難安，不知道魯迅先生會有何反應。二十六歲的她生平第一次失眠了，在床上翻來覆去想著自己信中的內容，不斷揣測魯迅看信時的情緒。她想，也許對方根本不會當回事呢！然而，三月十三日，焦灼的許廣平一大早就收到了魯迅的回信——**信的開頭，魯迅稱她為「廣平兄」**；信中，他對她三談了學風，亦談及女師大校內的事，又著重談了他的處世方法等，洋洋灑灑也有幾千字。看到魯迅如此「親切」的回信，許廣平的不安頓時消散。

在激動、感動參半的心情下，許廣平很快又寫了第二封信給魯迅，魯迅也很快就回信給她了，如此一來二去，他們的通信竟未曾斷過。從這年的**三月到七月，兩人通信達四十餘封**，這就是後來著名的《兩地書》。

通信過程中，他們發現彼此有著共同的理想和信念，對社會和人生的諸多問題也有著相同見地，就這樣變得無話不談，話題涵蓋了國家及生活，兩顆心也越靠越近，最後燃燒起愛情的烈火。當然，不管是從年齡還是懸殊的身分地位來看，他們的感情註定要受到一些保守派的質疑和抨擊。之於魯迅，他有著中年人久經磨練的冷靜與憂思，既渴望擁有志同道合的愛情，又不能不理性的考慮對方的周全；他既享受著沉湎夢幻般愛情的歡愉，又承受著夢醒後左右為難的痛苦。他知道，他們的感情，勢必要經過重重的障礙，諸如社會傳統道德的束縛，還有人言的可畏，尤其是原配朱安的存在，以及自己與許廣平的年齡差距……凡此種種，令他瞻前顧後，猶疑不決。

許廣平在這個問題上，則顯示出比對方更強的膽魄來，她始終堅定的拉著魯迅的手，「不知道什麼是利害、是非、善惡，只一心一意的向著愛的方向奔馳」。為此，她甚至透過發表文章，鏗鏘有力的為她的愛情宣誓：「人待我厚，我亦欲捨身相報。」可以說，正是許廣平這般無畏精神的推動，才促成了他們最後的結合。一九二七年十月八日，在衝破世俗的阻力之後，四十六歲的魯迅和二十九歲的許廣平在廣州正式結為夫妻。

兩年後，魯迅和許廣平的兒子周海嬰在上海出世。據周海嬰後來的描述，母親許廣平曾經告訴他，他是她和父親避孕失敗的產物——由於當時的時局動盪不安，加上魯迅和許廣平經常過著顛沛流離的生活，完全沒有保障，所以婚後兩人一致決定暫時不要孩子。可是，既然孩子來了，他們便決定生下來。然而，許廣平在生產的時候，卻不幸難產。於緊急關頭，醫生問魯迅：「保大人還是保孩子？」魯迅毫不猶豫的回答：「保大人。」好在終歸是虛驚一場，大人、小孩都順利保全。

對於這個意外得來的孩子，魯迅很是疼愛。但是作為一個進步的思想家，他的父愛則彰顯在對孩子成長的絕對民主上。針對替孩子取名字一事，他對許廣平說：「這個孩子出生在上海，就先取名叫『海嬰』吧。等他長大懂事了，如果願意用，就繼續用；不願意的話，再改再換都可以。」就這樣，這位偉大的民主戰士終於得以享受天倫之樂。

一九三四年十二月，魯迅購得《芥子園畫譜》（按：清朝康熙年間的著名畫譜，詳細介紹了中國畫中山水畫、梅蘭竹菊畫以及花鳥蟲草繪畫的技法）三集，為上海有正書局的翻造本。由

▲ 魯迅、許廣平與兒子周海嬰。

於初刻本極為難得，故此翻本亦無比珍貴。魯迅將它贈與許廣平，並將《題〈芥子園畫譜〉三集贈許廣平》題寫在扉頁上：「十年攜手共艱危，以沫相濡亦可哀。聊借畫圖怡倦眼，此中甘苦兩心知。」此時，距離他們一九二五年通第一封信正好十年，即「十年攜手共艱危」。在這動盪的十年間，許廣平跟著魯迅從北京轉戰廈門，再到廣州，最後定居上海。

他們共同親歷了北師大學潮、三一八慘案、四一二政變，以及國民黨長達十年的圍剿。而魯迅從始至終與革命者們站在同一陣線上，置個人安危於不顧，堅持戰鬥，為中國的文化革命做出不朽的貢獻（按：魯迅和其他幾個受過西方教育的人，發起「反傳統、反儒家、反文言」的思想文化革新、文學革命運動）。作為魯迅的愛人，許廣平一直堅定的站在他身後，默默的支持他、關懷他，不管他們的生活有多艱難，她從不畏懼，亦從不退縮。他們之間的關係，既是親人，又是戰士。**「以沫相濡亦可哀」則是借用了《莊子》的典故**：當泉水乾涸，魚兒們便吐沫來互相潤溼，以維持生命。魯迅和許廣平的感情，何嘗不是這般於安危時相互扶持、相互支撐的關係呢？

魯迅雖然一心致力於革命事業，但是妻子的付出及忍辱負重，他又怎會不知？所謂「倦眼」，所謂「甘苦」，其實都滲透著他對她的無限感激與憐愛。因為他深知，與他有著共同革命理想的許廣平，為了讓他好好投入戰鬥，總是一人默默扛著生活的苦難和重擔，所以更寫下了「此中甘苦兩心知」的感言。他們兩人之間的相互體恤與慰藉，令後來者讀之無不深受感動，甚至為之泣下。

一九三六年十月十九日，魯迅病逝於上海大陸新村寓所。十年後，許廣平以一篇《十週年祭》來回首當年往事：

嗚呼先生，十載恩情，畢生知遇，提攜體貼，撫盲督注。有如慈母，或肖嚴父，師長丈夫，融而為一。嗚呼先生，誰謂荼苦，或甘如飴，唯我寸心，先生庶知。

這跨越十年的一詩一文，飽含了魯迅與許廣平之間的理解與體諒、關懷與支持、思念與疼痛，象徵著他們之間至死不渝的情誼，實在是哀感天地。

4. 綁架、下放、重病，潘素不離不棄張伯駒

《鵲橋仙》——張伯駒

不求蛛巧，長安鳩拙，何羨神仙同度。
百年夫婦百年恩，縱滄海，石填難數。
白頭共詠，黛眉重畫，柳暗花明有路。
兩情一命永相憐，從未解，秦朝楚暮。

張伯駒因將與愛妻潘素小別，遂寫下此詩相贈。此時，他與她已結婚四十年。兩人初相見，使君有婦，羅敷有夫。張伯駒當時已經有三房妻室，因原配李氏和二夫人鄧氏皆不能生養，便娶了三夫人王韻香。當時的他在鹽業銀行任總稽核，因其父張鎮芳為該銀行的總經理，所以他的事務算是相較清閒，於是，他幾乎把所有的精

力都花在令他醉心不已的書畫收藏和京劇、詩詞上。但每年到上海分行查帳兩次的工作，他是無從避免的。

是時，張伯駒又到上海查帳，工作之餘，他與一幫朋友相約去見識這裡的「花花世界」。一九三〇年代的大上海，十里洋場，聲色犬馬。光怪陸離的四馬路（按：今上海市黃浦區的福州路）一帶，是**名伶**們的聚集之地。而最風光的，**莫過於天香閣的「潘妃」潘素**；她冷豔高貴，素手彈琵琶，如天外來音，令聽者無不為之傾倒，連見過各色奇絕女子的張伯駒，亦不能倖免。

他見她一襲黑絲絨旗袍，身材曼妙，表情清冷，豔絕無比，待她一曲《平沙落雁》彈畢，他的心已沉淪大半，甚至痴傻的嘆

▲ 張伯駒。

道：「真是天女下凡。」縱然他滿腹詩情，此刻竟也詞窮到俗透。話已出口，自是覆水難收，為了挽回他堂堂「民國四公子」的面子，他緊接著又作了一副對聯：「潘步掌中輕，十步香塵生羅襪；妃彈塞上曲，千秋胡語入琵琶。」將她的聲、色、形一一糅於詩中，可謂妙絕。而他的風流倜儻、才華橫溢，使她不由得注意到他。當她看到對聯的落款為「張伯駒」時，更是抑制不住內心的狂潮，雙頰緋紅。

鼎鼎大名的四公子之一的張伯駒，她又怎會不知道？在當時，末代皇帝溥儀的族兄溥侗、袁世凱的次子袁克文、奉系軍閥張作霖之子張學良，與袁世凱內弟張鎮芳之子張伯駒，並稱「四公子」。其中張伯駒又與袁克文並稱「中州二雲」，只因他號叢碧主人、凍雲樓主，而袁克文號寒雲主人，又兩人都是河南人，中州即河南的古稱。這位張公子不但詩詞才學了得，還集收藏鑑賞家、書畫家、京劇藝術研究者等身分於一身，聲名早已遠揚。此時，面對他的盛讚，潘妃也難以故作清高。曲終人散後，他與她端坐於窗前，把盞言歡，沒有生疏，沒有隔閡，熟絡得一如久別重逢的故人。徐徐晚風裡，兩人各自心湖難平。

她告訴他，她原名叫潘白琴，為遜清名流潘世恩的後人，從小母親就延請名師，教她繪畫、音樂與詩文。不幸的是，她十三歲時，母親就去世了，不僅繼母待她極為刻薄，父親潘智合更是個不爭氣的浪蕩公子，不久便將龐大家業揮霍一空；繼母於是給她一把琴，叫她賣藝為生。她流落到上海後，因才貌出眾，很快便在天香閣張幟迎客，但賣藝不賣身。

張伯駒聽完她的坎坷身世，對她更生愛憐之意。他在心裡暗暗發誓，一定要想方設法呵護她一生一世。

然而相愛簡單，相守卻難。原來，**此時的潘素其實早已名花有主，與當時的國民黨中將臧卓到了談婚論嫁的地步。**而潘素在認識了張伯駒之後，心中的天秤很快就傾斜於他，使她決定跟隨

▲ 潘素。

張伯駒。臧卓得知此事，氣急敗壞的將潘素「軟禁」在西藏路的一品香酒店裡，不許她踏出租房半步。潘素只是個手無縛雞之力的女子，哪裡抵抗得過？只得每日以淚洗面，盼望張伯駒將她救出。張伯駒聽聞此訊，急得如熱鍋上的螞蟻，無奈他在上海人生地不熟，加上對方又是個國民黨中將，恐怕軟硬不吃。末了，他只好向世交孫曜東求助，趁天黑時買通了看守潘素的衛兵，將潘素營救出來，第二日一早便火速逃回北平。（按：民國元年，袁世凱將中華民國臨時政府遷至北京，北伐結束後，北京改名為北平特別市。一九三七年七七事變後，北平被日軍占領，改名北京，待一九四五年中國抗日戰爭結束才恢復原名北平。直到一九四九年，北平市改稱北京市，北平一詞正式走入歷史。）

就這樣，這一對痴男怨女最終在北平完婚，正應了開篇《鵲橋仙》裡那句「柳暗花明有路」。這一年，張伯駒三十七歲，潘素二十歲。

嫁給張伯駒之後，潘素的人生，從此開啟了嶄新的篇章。張伯駒知道她喜愛繪畫，又有繪畫功底，便想讓她展露才華，不只是做一個舊社會裡的「花瓶」。他不惜

重金，為她請來名師朱德甫、汪夢舒、夏仁虎等，教她畫花卉山水、習詩文；同時拿出自己精心收藏的書畫真跡，讓她潛心觀摩。由於潘素亦是用功之深，再加上悟性極高，竟漸漸鑽研出隋唐兩宋的工筆重彩畫法。在張伯駒的陪伴下，她走遍名山勝水，終成一代花卉、山水畫家。

而張伯駒對潘素的感情，更是歷久彌新。在他們婚後，他的絕大多數詩詞，都是寫給她的。袁克文的詩詞，贈與了他的諸多紅顏（詳見第二九六頁）；反觀**張伯駒，卻僅為潘素這一名女子寫詩**——其用情之深，情之所專，實在是感人肺腑。

至於潘素對張伯駒，亦堪稱賢內助。張伯駒對文物愛之如命，在收藏之路上，往往一擲千金，甚至不惜舉債；對此，他的親朋好友都極力反對，只有潘素永遠表示支持。當年，有人願意以兩百四十兩黃金將隋朝畫家展子虔的《遊春圖》賣出，此時正值日本人大肆搜刮中國文物，張伯駒擔心國寶落入敵人手中，便毫不猶豫的將自己最鍾愛的豪宅——李蓮英（清末慈禧時期總管太監）舊墅，以兩百二十兩黃金的價格賣給北京輔仁大學；潘素則毅然將自己的首飾賣掉，湊足那兩百四十兩黃金保住國寶，並歷盡千辛萬苦，將它平安帶出北京。

一九四一年，張伯駒遭到汪精衛政權綁架，對方向潘素索要三百萬贖金。無奈在張伯駒家裡，除了那些珍貴的文物，幾乎是一貧如洗——雖然只要賣掉一件文物，就能救回丈夫的命，但潘素深知，文物絕不能賣，因為對於丈夫來說，這些文物勝過生命。即使危難當前，她仍以她特有的聰慧與沉穩，一邊周旋於匪徒之間，一邊四處求助，最終在友人們的幫助下，籌到了四十根金條，贖回已遭綁架八個月的張伯駒。待張伯駒被放回家的時候，已骨瘦如柴的潘素一時悲喜交加，暈倒在愛人懷裡。

文化大革命時，張伯駒被打成「現行反革命」，儘管已年逾古稀，他依舊被下放到偏遠的吉林舒蘭縣。由於他一無戶口，二無糧票，竟被該縣拒收。幸好有潘素在他身邊，不離不棄的照顧他，才使他得以活著回到北京。

一九八二年一月，已年過八旬的張伯駒突患感冒，住進了北京什剎海（按：北京北部的三個湖）西南的「北大醫院」（北京大學第一醫院），與七、八個重症患者擠在一間病房裡。潘素生怕這會對張伯駒的情緒造成不良影響，便向院方申請，能否換個單人或雙人病房，卻被院方以「不夠資格，不能換」為由，將他滯留在重症病房中。兩天後，一位病友去世，張伯駒的病情卻仍不見好轉，繼而使他變得心緒不寧、寢食難安，吵著要回家。無奈之下，潘素再次向院方申請調換病房，仍被以「資格不夠」為由拒絕。又過了兩天，看著又一位病友去世，張伯駒的心緒變得更差，但此時的他根本無力抗議……因為感冒已經惡化成了肺炎。

接下來的一個星期，張伯駒的狀態越來越不好。他一連幾天不思飲食，只靠打點滴維持生命。此時的張伯駒，也許預感到自己已時日無多了，於是寫下「長希一往昇平世，物我同春共萬旬」（《鷓鴣天》）這樣的詩句。他的前半生，雖然也享受過錦衣玉食的生活，但由於身處亂世，他的下半生——尤其是他的晚年——幾乎都在動盪中度過。因此在臨終前，他唯一的祈願，便是天下能夠太平，讓「物我同春」，即人、環境與社會，能共同沐浴在和煦的春風裡，沒有打擊、沒有戰爭，也沒有黑暗。對於這位偉大的一代愛國收藏大家來說，這是他人生中的最後理想，也是他留給後人的啟示與訓誡。

在寫下《鷓鴣天》十一天後，張伯駒永別人間。臨終前，他自挽一聯：「**求凰一曲，最堪憐還願，為鶼鰈不羨作神仙。**」道盡了他對這一生的滿足，還有對夫人潘素的感激……不管他一生是富貴還是清貧，都不如與她做一對平凡的鶼鰈來得真切幸福，惹他眷戀。

5. 楊憲益、戴乃迭中英合璧，歷萬劫白首同歸

《悼亡妻》——楊憲益

早期比翼赴幽冥，不料中途失健翎。
結髮糟糠貧賤慣，陷身囹圄死生輕。
青春作伴多成鬼，白首同歸我負卿。
天若有情天亦老，從來銀漢隔雙星。

一九九九年十一月，隨著妻子戴乃迭因病去世，楊憲益的生命也似乎被帶走了。對他來說，餘生只是一個時間概念而已，再無歡喜。

戴乃迭在去世之前，已經重病好幾年。也許是因為早年生活留下的陰影，她不幸患了老年痴呆症。雖然她不再識人，但總是微笑著，讓去看望她的人，都無法忘記她

滿頭銀絲下紅通通的臉，是個慈祥又可愛的老太太；而在楊憲益眼中，她始終是且永遠是最美好的人兒。儘管她已不認得他，也不再認得女兒、女婿和外孫，但他知道，潛意識中，她知道他是最親密、最可信任的人，所以她才總是微笑著，從不發脾氣。八十歲的他，更是對她呵護備至，每次餐前，都會幫她戴上餐巾，像哄小孩那樣餵她吃飯。有時候，他還會向她訴說那一生也說不夠的情話：「鮮花搬進屋子是讓我來養的，女人娶進家門是讓我來愛的。」她依然只是微笑，目光澄澈。後來，畫家郁風前來看望她，幫她畫了一幅肖像畫，楊憲益就認真的為肖像題詞：「金頭髮變銀白了，可金子的心是不會變的。」在他心中，世界上哪裡還有其他人的心，比她的心更高貴呢？

然而，命運並不憐惜楊憲益，還是將戴乃迭

▲ 戴乃迭（左）與楊憲益風華正茂時。

帶走了。他遂把她的肖像放在案頭，整日與她默默相對，在噴雲吐霧間，回想著他與她的這一生……。

他們相遇在一九三〇年代的牛津大學，那個時候，戴乃迭的名字仍是格萊蒂絲（Gladys）。楊憲益是來自中國的富家子弟，也是天津銀行行長唯一的兒子，於一九三七年考入牛津大學，攻讀法國文學。**戴乃迭則是一位英國傳教士之女，出生在北京**，七歲時就跟隨父親回到英國；但她對中國（特別是北京）有著極大的興趣和深厚的感情，所以當她在法文課上第一次見到楊憲益時，便鍾情不已。當然，她喜歡他，並不只是因為他是中國人。

那時的楊憲益眉眼纖細、才華橫溢、聰明幽默，渾身散發著古典的藝術氣質，且激進愛國，是系裡的風雲人物——她喜歡他的氣質，更傾慕於他執著而正義的愛國情懷，於是，**生性活潑的她開始邀他一起讀書、划船**，享受美好的牛津生活。而他原本排斥英國女孩子的那顆心，也在她的開朗天真、率性有趣、清新脫俗以及一顰一笑間，慢慢的融化……時日漸長，他們都感覺到了對方對自己的喜歡，便確定了戀愛關係。為了增進與楊憲益的交流，戴乃迭甚至改學中文。要知道，中文在當時的地位比較低，根本無人選修，但**她仍勇敢的成為牛津史上第一個攻讀中文學位的人**。在牛津的兩、三年，因為彼此相伴，時光感覺飛逝得更快；在此期間，他們成為牛津校園裡最引人注目的一對情侶。兩人早已約定好，待畢業之後，她要隨他回國，一起把屈原的《詩經》翻譯成英文——她願將自己的一生，奉獻給中英文化的交流。

轉眼間已是一九四〇年，畢業在即，他們正籌備著回國事宜。戴乃迭向父母攤了牌，並表示自己心意已決，可是對她的母親來說，這個決定無異於晴天霹靂。這位傳統的英國主婦曾經在中國傳教數十年，因此清楚的知道中西方文化差異太大，女兒要適應中國的傳統文化，困難程度堪比上青天。於是，她極力反對女兒的決定，並椎心徹骨的預言道：「妳要是嫁給這個中國人，妳會後悔的！**妳要是和他生了孩子，孩子也會自殺的！**」可是，熱戀中的女兒哪裡聽得進母親的勸慰呢？最後，戴乃迭還是義無反顧的決定隨戀人回到中國。臨出發時，他們身上所有的財產一共五十英鎊，儘管稱不上多，但是因為有愛，他們仍對未來充滿希望。

然而，當他們歷經艱難、跋涉回到楊家，楊憲益的家人卻因為他帶回這個金髮碧眼的女孩而亂作一團。其母親捶胸頓足，堅決反對兒子娶這個「洋人」，並因此病倒；他的姑媽在聽說此事之後，也痛哭流涕——對他們來說，娶個洋媳婦，比天塌下來還恐怖，因為在他們看來，中國人和洋人生的孩子將會遭人嫌棄。面對此情此景，千里迢迢隨愛遠走他鄉的戴乃迭，心中自然十分委屈，可她本是個善良的女人，故能對楊憲益家人的反應，給予十二分的理解和包容——因為她愛他，所以能不畏任何艱難險阻，只為了與他在一起。最後楊家人無計可施，總算同意了他們的婚事。結婚那天，戴乃迭穿著中國式的大紅旗袍，嫣然巧笑，幸福滿溢；而「戴乃迭」這個名字，就是在這時候改的，與「楊憲益」三個字成雙成對。

婚後，戴乃迭先是在各地任教，最後才隨同楊憲益一起，在重慶國立編譯館擔任翻譯。他們**夫妻聯手，將中國文學——從先秦散文到中國古典文學，從《離騷》到《紅樓夢》——翻譯成了英文**。這對「中西合璧」的才子佳人，真是羨煞旁人。

文革期間，他們經歷了一生中最嚴峻的考驗，不僅夫妻雙雙入獄，兒子也自殺了。出獄後，戴乃迭變得沉默寡言，還時常暗自流淚，此情此景看在楊憲益眼裡，疼到了心裡。對他來說，寫進了詩篇《悼亡妻》的「中途失健翎」，一樣是痛心疾首的事；可是他知道，她的心，比他的更加百孔千瘡，畢竟她當初如果聽了母親的話，也不致遭此一劫，更不會受他牽連，一起身陷囹圄。可就在他自責的時候，她卻含著淚水安慰他：「我從不後悔嫁給一個中國人，也不後悔在中國度過我的一生。」

　　太平的日子沒過太久，戴乃迭便因為積鬱成疾，患上了老年痴呆，並在二十世紀末（一九九九年）辭別人世，離開了她心愛的丈夫和兒女，離開了這片她深情熱愛的土地。自從嫁到中國之後，她此生只回過一次英國；幾十年來，她已經把中國當成自己的

▲ 晚年的戴乃迭與楊憲益。

家鄉，也不曾想過要離開。

隨著愛人去世，在楊憲益眼中，時間也似乎完全停滯了……**他停掉了所有翻譯工作，因為他不願任何一本翻譯作品裡，只有他一個人的名字**。面對所有的邀約，他總是漠然的拒絕：「她不在，我不出現。」自從她改了名字，將自己的命運交到他手上時，他就暗暗發誓，他與她的名字，將永遠相繫。她走後幾年，他曾對人說：「我現在就感覺到（盡）頭了。」然後有人問他：「是因為您的夫人不在身邊了嗎？」他想也不想的回答：「對。」對方又問他：「如果她還在您身邊，您還會有這種想法嗎？」他乾脆的搖著頭說：「不會。我也許會再活一百歲也說不定……。」原來，她就是他生存的意義，他只恨自己沒有隨她而去，沒有「白首同歸」，「負盡卿意」。對他來說，在青春時的同伴和愛妻紛紛離世後，他唯一的等待，便是前往另一個世界赴一場約會。

十年後，他終於等到了這一天——二〇〇九年十一月二十三日，九十五歲的他安然離世，到那另一邊情深之地，與等待已久的至愛團圓。

6. 唐圭璋長記尹孝曾，拒續弦過五十餘年

《鵲橋仙・宿桂湖》——唐圭璋

昏燈照壁，輕寒侵被，長記心頭人影。幾番尋夢喜相逢，悵欲語、無端又醒。字盈鳳紙，粉沾羅帕，往事重重誰省。紅欄老桂散幽香，只不是、桐陰門徑。

夫人尹孝曾去世的時候，唐圭璋才三十六歲，此後，他未再續娶，直至九十歲離世。

出生於一九〇一年的唐圭璋，終其一生專治詞學（著有《全宋詞》、《宋詞三百首》等書），不僅在詞學上造詣精深，同時工於填詞。而在他的眾多作品中，對亡妻的思念之情甚為多見。

唐圭璋是滿族人，出生於南京光華門（按：南京城牆上明代所開的十三個城門之

二）一戶窮塾師家庭。在八歲喪父、十二歲喪母後，他寄居於舅父家中，靠姐姐做針線活、擺小攤艱難過活；後來在奇望街小學校長陳榮之的資助下就學，並以南京市第一名的好成績考入江蘇省立第四師範學校。畢業後，他在六合縣（按：中國舊縣名，在今南京市境）西門平民小學任教一段時間，後來又考入國立東南大學中文系，拜吳梅為師，學習詞曲。

就讀東南大學期間，唐圭璋每天步行去學校上課，而**大行宮是他上學的必經之路**，一來二去，他就**被利濟巷六十三號尹家花園的老夫人相中**，老太太有意將自己的孫女尹孝曾介紹給他認識。尹孝曾乃清代名臣尹繼善之後，念過家塾，才華出眾。待兩人相識，彼此都看對了眼，便由老夫人做主，定下了終身。由於唐圭璋沒有家，因

▲ 唐圭璋（右）、尹孝曾夫婦合影（1924 年）。

此兩人結婚後，他便住到尹府，夫妻倆志趣相投，感情甚篤。尹孝曾端莊秀麗、知書達理，在學術上對唐圭璋的幫助很大；唐圭璋的一些著作，比如《南唐二主詞彙箋》和《全宋詞》等，都由尹孝曾謄錄。在《夢桐詞集》中，唐圭璋更是把這段辛苦卻美好的時光記錄了下來。

然而，一九三七年，在他們結縭十三年後，尹孝曾就因為骨髓炎惡化而不幸離世，撇下了她深愛的丈夫與三個年幼的女兒，以及年邁的祖母尹高氏。妻子離世帶給唐圭璋的打擊極其沉重，而且，他一生都未能走出這場傷痛。在尹孝曾入土為安很久之後，每逢節假閒暇，唐圭璋仍會到她墳頭吹奏洞簫，抒發相思之痛。他往往只帶一支簫、幾本書、幾個饅頭或燒餅，就能在尹孝曾墳前待上一天，期間簫聲嗚咽，孤影綽綽。他的這個習慣持續了很長一段時間，直到抗日戰爭全面爆發，他追隨供職的中央軍校西遷入蜀，才暫時告一段落。

尹孝曾去世後，她的祖母尹高氏協助唐圭璋撫養三個年幼的孩子。尹高氏年輕時便守寡，雖然識字不多，卻行事果斷有魄力，且獨具慧眼。她不但將自己最寵愛的長孫女尹孝曾嫁給窮學生唐圭璋，還讓唐圭璋住進尹家花園，並資助他完成大學學業。抗日戰爭爆發時，中央軍校西遷在即，但學校規定教員不准帶家屬前往，這把唐圭璋急得全無主張——他怎麼忍心棄家裡的白髮老人和三個幼小的孩子不顧呢？他不忍心將這件事告知尹高氏，只好愁得一個人在家裡走來走去。後來，尹高氏從別處獲悉校規，隨即主動擔負起養育曾孫女的重任。此後，她帶著三個孩子輾轉於老家儀徵（按：位於中國江蘇省的中西部，南京旁邊）、南京等地，在動盪中艱難度日，直到抗戰勝利。後來，尹高氏以九十四歲壽齡辭世，唐圭璋每年都會到其墓前掃墓，對老人家滿懷感恩與歉意。

唐圭璋隨中央軍校西遷後，在蜀地一待就是八年，在此期間，他無時無刻不掛念著遠方的孩子們。自從尹孝曾去世後，孩子們便成了他「唯三」惦記的對象。在四川，他在《鷓鴣天．銅梁中秋》中寫道：「烽火侵尋忽一年。竄身西蜀幾時還。花飛葉落增蕭瑟，白髮孤兒總繫牽。香易爇（按：音同若，焚燒、烘烤之意），夢難圓。安排腸斷歷塵緣。今宵獨臥中庭冷，萬里澄暉照淚懸。」訴不盡對女兒的牽掛之情。

同時，他也始終思念著九泉之下的妻子，如他在《浣溪沙》中寫道：「經歲分攜共渺茫。人間無處話悲涼。三更燈影淚千行。裊娜柳絲相候路，翩躚（按：音同偏先，飛舞貌）衣袂舊時妝。如何夢不與年長。」字字悲情，令人不忍卒讀。

至於篇首的《鵲橋仙．宿桂湖》，亦是唐圭璋在四川時，因思念妻子而作。

雖然他與她，只有十三年的夫妻之情，可是之於他，此生愛人唯她一人，不管她走了多遠、走了多久，都是他心中永遠的牽絆。他對她的愛，何其真切；他對她的思念，又何其蝕骨。在她去世五十多年後，他還眼含熱淚的對他的學生王兆鵬說：「李清照對趙明誠的痛悼之情，極其誠摯，而我亦是最能理解。我與你師母結婚時二十五歲，她二十三歲，那時我尚在東南大學學習。每天深夜，她怕我勞累過度，總會故意把燈吹滅，不讓我看得太晚。我看書時，她總擔心我會受涼，便常悄悄的在我身後給我披上衣服。時至今日，那些畫面還清晰如昨，叫我怎能忘記？只是，如今的我，『寒深誰復問添衣』。她去世的時候我三十六歲，本可以續弦，可是我無法做到，因為我對她的感情實在太深，無從解脫，所以這些年來，我也只好以淚水來沖刷悲苦，以詞來排遣心中思念。」

「昏燈照壁，輕寒侵被，長記心頭人影。」寫下此句的時候，他尚在四川，遠離他們在南京那個共同的家，遠離他們可愛的女兒和慈祥的祖母；寫下此句的時候，時局混亂，普天之下，多少人過著顛沛流離的動盪生活……而他，依然就著一盞昏燈看書作詞，卻再也沒有人擔心他勞累，千方百計為他把燈吹滅；即使以薄被取暖，也無人憐惜。思及種種，他不禁百感交集，只恨心中那個溫柔的人兒，早已變作恆久的回憶，平添一生惆悵。

7. 王國維一生悽苦，所愛所親多早逝，寫詞寄相思

《蝶戀花》——王國維

落日千山啼杜宇，送得歸人，不遣居人住。自是精魂先魄去，淒涼病榻無多語。
往事悠悠容細數，見說他生，又恐他生誤。縱使茲盟終不負，那時能記今生否？

一九二七年六月二日，頤和園的昆明湖畔，風動柳枝，水動荷影，遊人快意；而他，卻選擇在這一片旖旎中結束自己的一生。那一日，懷抱自殺意願的他，如常的吃過早飯，而後先到書房小坐，接著去公事房（按：舊時指辦理公家事務的處所）向研究院辦公處祕書借了兩元，再僱一輛人力車去了頤和園。他只在頤和園湖畔稍作停留，便從魚藻軒石階躍身，一頭扎進水中，頭埋入淤泥窒息而死。他在遺書中寫道：「**五十之年，只欠一死**。經此事變，義無再辱。」此中「事變」，當指北伐軍（迫害

前清遺臣）槍斃湖南葉德輝和湖北王葆心之事（後者之死，實為謠傳）。

然而，對於他的死因，人們諸多猜測，有殉清說、還債說、喪子說、驚懼說、絕世說等等，豈料眾說紛紜無果，最後竟成了「中國文化史世紀之謎」。事實上，不管他為何而死，之於他，死確實是一件不足為懼的事情——因為早在三年前，他就「死」了一回。當時，第三軍總司令馮玉祥發動「北京政變」，將清帝溥儀驅逐出宮。他不堪這一場奇恥大辱，遂憤而與一些前清遺老相約投河殉清，後因家人阻攔，才未能成行。

他是誰？他是在文學、美學、史學、哲學、古文字學、考古學等方面成就卓越的學術鉅子；他是近代中國最早運用西方哲學、美學、文學觀點和方法，剖析及評論中國古典文學的開創者；他還是中國史學史上將歷史學與考古學相融合的第一人——他就是一代國學大師王國維，著有《人間詞話》，與梁啟超、陳寅恪、趙元任並稱清華國學四大導師。

有人說，王國維的悲情人生，實為一種性格悲劇。他**從小就性格孤僻，不善與人**

交往；成年後，接觸到了西方的哲學思想，並受到叔本華（Arthur Schopenhauer）悲觀主義哲學的影響之後，其悲觀思想更加深重。因此，他的赴水而死，其實是一種必然的宿命。（按：叔本華是德國著名哲學家、唯意志論主義的開創者，他把悲觀主義哲學〔相信事情只會越來越糟；認為事件本質是醜陋邪惡的、人性是自私的〕與該學說聯繫在一起，認為被意志所支配最終只會帶來虛無和痛苦。）

然而，王國維骨子裡的悲觀，也不是無來由的——除了先天的人格特質以外，還與他不幸的人生遭遇有關。

一八七七年，王國維出生於浙江海寧鹽官鎮。其祖上戰功顯赫，為漢族大家，到其父親一代，家道已經中落，變得十分清貧，只能一邊經營洋雜貨店一

▲ 王國維畫像。

邊治學。王國維從小就受到父親的嚴格教育，七歲被送進私塾讀書（私塾先生為當地的庠生潘紫貴），後入州學，讀前四史（《史記》、《漢書》、《後漢書》、《三國志》），兼治駢散文。十六歲時，他便中了秀才，與褚嘉猷、葉宜春、陳守謙一同被譽為「海寧四才子」。然而，中了秀才的王國維，卻在此後的鄉試中屢試不第，遂在戊戌變革風氣變化之時棄絕科舉。

一八九六年，由於深受甲午戰爭的刺激，二十歲的王國維決定去日本留學。然而，其父卻堅決反對，並表示男人的第一要務是成家，成家後方可立業，直言王國維的當務之急是「求度衣食」。孝順的王國維順從了父親的意願，不但結了婚，還到海寧城中的一戶沈姓人家當塾師（王國維精通英、德、日文）。

王國維娶的這位妻子姓莫，據說出身於世代經商的家庭，比王家自然要好些。而且王、莫兩家早就定親，當年王國維以「海寧才子」名震鄉里的時候，他的未來岳父因此倍感驕傲，逢人即誇。

然而，這位莫氏卻紅顏薄命，婚後不過十餘年，便拋下丈夫和幼子，撒手人寰。

莫氏的死，對王國維打擊甚大，他向來是個情感不外露的人，但這一次，卻真正感到悲痛欲絕。此後，他常常一個人徘徊在江邊，面對那洶湧壯闊的江潮，默默的憑弔妻子。不僅如此，他還**為妻子寫下了大量的悼亡詞**，如《浣溪沙．漫作年時》：「漫作年時別淚看，西窗蠟炬尚汍瀾（按：音同玩嵐，流淚、哭泣貌）。不堪重夢十年間。斗柄又垂天直北，客愁坐逼歲將闌。更無人解憶長安。」以及《清平樂》：「當時草草西窗，都成別後思量。料得天涯異日，應思今夜淒涼。」

本篇開頭那首《蝶戀花》，亦是他對妻子的思懷。此闋中，王國維塑造了一個流亡他鄉的人，急匆匆歸來看望病人的場景——「落日千山啼杜宇」，是何等淒涼；「杜宇」出自望帝啼鵑的典故，尤表哀傷沉重之意。歸人在落日杜宇聲中來到病人榻前，卻「不遣居人住」，意即家裡的病人留不住了，因為她「自是精魂先魄去」。此情此景，讓歸人心神俱碎，無語凝噎。

這一幕，正是王國維妻子臨終前的情景。王國維與妻子婚後不久，便因「家貧不能以資供遊學，居恆怏怏」，於兩年後到上海《時務報》館打工，使得這對感情甚篤的夫妻，從此**分居兩地長達七、八年**。身在異鄉的王國維時常思念家中的賢妻，還因**此寫了許多溫柔纏綿的詞作**，一解相思之苦。

在外謀生的王國維，極少有時間回家，而他在家待得最久的一次，是一九〇六年八月為去世的父親「守制」（按：舊例居父母或承重祖父母之喪，須謝絕應酬，不得任官、應考、嫁娶等，以二十七月為期滿）。當時，家鄉父老都勸他留下來擔任海寧州勸學所的學務總董，被他婉拒。八個月後，他又匆匆離家回到北京，豈料回北京不過三個月，便接到妻子莫氏病危的消息，又馬不停蹄的趕回來看望妻子，無奈半個多月後，莫氏還是不治身亡。

王國維從北京趕回家中，見到三個月前還對他噓寒問暖的妻子，此時已病榻纏綿，不禁悲從中來。他本來想對她說點什麼，可是那些安慰的話，卻說不出口了，因為此時的他心中滿是巨大的悲痛與恐懼。他想起結婚後這十多年來，自己在外四處輾轉，留妻子一人在家中贍養父母、照顧孩子，不由得愧疚滿懷……所以，「往事悠悠容細數，見說他生，又恐他生誤」，那些往事還是休提吧，不要讓病重的妻子再添傷感；所有的山盟海誓，也不要再說吧，以免誤了他生。「縱使茲盟終不負，那時能記今生否？」雖然他倆在今生裡情深意長，可是來生，她是否還能記得今生與他的情分呢？這真是讓王國維無盡感慨和傷懷。

妻子去世後，王國維變得更加沉默。他把三個年幼的孩子（最大的八歲，最小的三歲）託付給繼母照料，自己則暫時回到北京。然而幾個月後，連他的繼母也不幸去世了，於是在親戚們的勸說下，他只好續弦，娶了前妻莫氏的表甥女潘麗正。潘氏也是賢慧之人，雖然後來又生了三個兒子和五個女兒（前兩個女兒夭折），但對莫氏留下的三個孩子，一直視如己出。

王國維沉湖自殺之後，潘氏堅強的獨自撐起這個不幸的大家庭，把孩子們撫養成人。而她自己，則在半個多世紀後，病卒於臺北醫院。（王國維女兒王東明住在臺灣永和。）

第二章

鏗鏘玫瑰，也因柔情似水

愛情，是他（她），是家，是亂世中的安穩，是風雨中的扶持。愛情不論早晚，不論身分地位，亦無關生死距離。哪怕時乖運蹇，哪怕顛沛流離，哪怕窮困潦倒，哪怕陰陽永隔，愛情亦不會走向泯滅、歸於塵土，因為住在心中的那個人，是永恆。

1. 沈秋水散財助史量才辦報，得罪當道

晴光曠渺絕塵埃，麗日封窗曉夢回。禽語樂聲通性命，湖光嵐翠繞樓臺。
山中歲月無古今，世外風煙空往來。案上橫琴溫舊課，卷簾人對牡丹開。

——史量才

作詩時，他正在專門為她建造的秋水山莊裡休養。這一日，天氣晴朗，望著身畔她不老的容顏，他已然忘記身體的不適，興致盎然的吟出這一首七言律詩。她則當即為他度曲撫琴，深情彈唱，琴聲悠揚中，兩人恍若回到最初的相遇。

彼時，沈秋水還是沈慧芝，這位上海的雛妓成年後嫁給一名貝勒爺，並隨之移居京城。幾年後，貝勒爺病故，她便帶著巨額遺產回到上海。

一路輾轉回到上海後，沈慧芝第一時間去尋找曾經的好姐妹，後者此時已是上海

當紅的交際花。兩人相見，格外親熱，好姐妹還把她介紹給身旁的一位朋友認識，而這個人就是當時上海灘的新聞才子史量才。

史量才何許人也？他原名家修，出生在江蘇江寧，幼年時隨家人遷居上海松江府婁縣泗涇鎮，家中經營了一家泰和堂中藥店。從杭州蠶學館畢業後，他去了上海並創辦女子蠶桑學校，同時任教於育才學堂和南洋中學。待《時報》創刊，史量才應邀擔任編輯，後任主筆。

這是才子與佳人的第一次相遇。初相見時，他見她風塵僕僕、略帶疲憊，卻難掩風姿，我見猶憐；她見他清瘦文雅、落落寡歡，讓她心中突然生起憐意。雖僅是電光石火，雙方卻在彼此心中萌生出同樣的情懷，這也許就是所謂的惺惺相惜吧。

此後，因為沈慧芝好姐妹的關係，兩人又數

▲ 史量才。

度見面。隨著交流加深，愛神降臨在這一對才子佳人身上——他不在乎她的出身，亦不介意她的過往，只愛她的嬌柔、明理和款款動人；她呢，不知見識過多少達官貴人、文人騷客，卻只對他有著說不出的親切感和安全感，並深信對方是個值得託付終身的人。就這樣，他們的感情日益加深，經常並肩漫步在黃昏的海灘，一起憧憬地老天荒。

一日，他向她求婚，並望進她秋水盈盈的深眸說：「落霞與孤鶩齊飛，秋水共長天一色。慧芝，讓我望穿秋水的慧芝，我給妳改名叫『秋水』可好？」她聞言喜極而泣，把頭埋進他的懷裡，嬌羞的點了點頭。

一個月後，沈秋水帶著巨額財產嫁給了史量才，前者顯然毫無保留，後者亦是虔誠和感恩的。

有了沈秋水的資助，史量才開始著手實現自己的抱負。他拿出一大筆錢買下了自己渴望已久的《申報》（按：為近代中國發行時間最久、具有廣泛社會影響的報紙），接著開了兩家錢莊、一家金店和一家米行。也許是他經營有方，也許是沈秋水確實是他命中的吉星，他的事業蒸蒸日上、勢頭十足，在罷工潮頻發的當時幸能平安無事。至一九三二年，《申報》日銷量達十五萬份，**創造了全國報業發行之最**。

即便家業盛大，史量才卻一直保持著簡簡單單的生活作風。他最奢侈的事，就是滿足沈秋水的所有願望，只要是沈秋水喜歡做的、想做的，他都會陪著她，和她一起踐行。沈秋水若厭倦了足不出戶的生活，史量才便放下手裡的一切事務，陪著她四處遊走，在名川秀水中雙飛雙棲，羨煞旁人。

然而，再美好的生活，都會被美中不足的那一點不足摧毀。

沈秋水和史量才結婚多年一直恩愛有加，你儂我儂，卻左等右等也等不來一個孩子。對史量才來說，他是不大在乎有沒有孩子的，畢竟在他心中，沈秋水就是全部；可是，他的家人卻對此不依不饒，多方施壓，非得逼著他納妾不可。最後，這位溫文的才子不得不懾於家庭的淫威，另娶一房。

沈秋水為此傷心欲絕，終日以淚洗面。她尚且做不到不介意、不惱恨，畢竟他們有過山盟海誓，他曾許諾今生只要她一人。但是，她更恨自己不爭氣，他寵她、愛她、為她付出真心，她卻無以為報，連常人的天倫之樂也無法讓他享受。她一方面希望他仍深愛自己，不要辜負自己，一方面又痛恨自己想要霸占他的感情，因而為自己的自私羞愧難當……如此矛盾的心情令她痛苦不堪，進而迅速消瘦下去，變成一枝快要枯萎的玫瑰。

史量才又何嘗不是痛徹心扉？自始至終，他的心中只有她。他無奈於自己的荒唐，又對來自家庭的脅迫無能為力，畢竟他不只擔負丈夫之名，身為兒子，他還有義務為家族延續香火。所以，他只能暗下決心加倍補償沈秋水。為此，他擇址杭州西湖邊的葛嶺山下，花費七年時間建成一座別墅送給沈秋水，並親筆題寫「秋水山莊」的匾額。這座別墅為三間兩層的小樓，整體布局仿照《紅樓夢》中的「怡紅院」而建，雕梁畫棟，九曲迴廊，古色古香，匠心獨運。

沈秋水第一次走進秋水山莊，便深深愛上了這裡。她從這裡的每一個細節中讀出了史量才的用心良苦，知道他心中依然有她，這樣的認知讓她忘記了此前的痛苦，決定遵照自己的內心，與史量才重修舊好。

就這樣，她和他又回到了最初。沈秋水搬到了史量才為她打造的秋水山莊，花前柳下，她坐於古琴前焚香彈奏，美得猶如仙子。山莊裡整日繚繞著〈廣陵散〉、〈梅花三弄〉等曲調，糅進她濃濃的相思，飄去很遠、很遠的地方。而史量才來得甚是頻繁，或只為看得佳人一眼，或只為聽她撥弄琴弦，或只為來此尋得片刻安寧……總之，這裡成為他靈魂的休憩之所，亦是他精神的樂園。在本篇開頭的詩詞中，「案上橫琴溫舊課，卷簾人對牡丹開」一句，足見他多麼迷戀這裡的一切，幻想著世間唯有他和她，永遠徜徉在兩人世界裡。

也許上天聽到了史量才的心聲，後來，他因工作繁忙患了胃病，便藉機搬到秋水山莊休養。至此，他們過上了真正神仙眷侶般的生活，琴瑟和鳴，好不自在。

與此同時，史量才投身於支援抗戰的隊伍。九一八事變之後，他不光是捐款給共產黨，還積極聲討國民黨的獨裁專政，並請魯迅、巴金、茅盾等文人為《申報》撰寫此類批判文章。他這種公然對抗的言行自然遭到國民黨的抵制，他們在拉攏他不成之後，進而對他威逼利誘，告誡他繼續對抗下去是不會有好果子吃的。史量才雖為文弱才子，骨子裡卻是錚錚的血性男兒，他不動聲色的反駁國民黨：「《申報》的讀者至少有十萬，這麼多人，我更是得罪不起。」沈秋水見他處境堪憂，便經常勸他留在秋水山莊深居簡出，以防不測。

然而，不幸最終還是發生了。一九三四年十一月十三日，史量才在沈秋水的陪同下，從杭州回到上海，並於途中遭到暗殺——凶手始終沒有抓到；二十八年後，前國民黨特務頭子沈醉撰文指為情報將領戴笠奉命執行。

這樣的結局讓沈秋水悲慟難已。在史量才的靈堂上，一身白衣的她形容枯槁，雙眼紅腫，靈氣不再。她淒然抱著史量才最愛的那把七弦琴，未料一

▲ 沈秋水以琴聲送別史量才。

曲〈廣陵散〉未終，琴弦竟突然斷裂，琴聲戛然而止。隨後，她木然抱起七弦琴走到火缽邊，將之投入火中——〈廣陵散〉已絕，良人亦不復返。

沈秋水在杭州龍井路吉慶山麓，為史量才選擇了一處墓地。安葬史量才後，她把秋水山莊捐給杭州的慈善機構，不久，秋水山莊成了尚賢婦孺醫院（解放後收歸國有，成了新新飯店的分部）；除此之外，她還將史量才在上海的寓所捐給孤兒院。最後，她離開了史家，過上吃齋念佛的生活，獨自一人度過餘生……。

2. 聚少離多長箋裁盡，湯國梨等到章太炎

《裁書》——湯國梨

已封重啟意徐徐，欲寫還休疊又舒。
挑盡殘燈過夜半，長箋裁盡未成書。

烏鎮，這個秀麗的江南水鄉古鎮，以樸素的民風、純淨的氣息，成為從古至今，多少人心目中神聖的嚮往之地。這裡街橋相連，依河築屋；這裡藍天白雲，小橋流水，讓人們心靈澄澈、情感純一。自古以來，這裡地靈人傑、名人薈萃，從一千多年前，中國最早的詩文總集編選者梁昭明太子，到中國最早的鎮志編撰者沈平；從著名的理學家張楊園、藏書家鮑廷博，到晚清翰林嚴辰、夏同善；以及近現代的文學巨匠茅盾、政治活動家沈澤民、銀行家盧學溥、農學家沈驪英、漫畫家豐子愷等，他們都

是喝著烏鎮的水長大的，且成為國內乃至國際上風華絕代的人物。而烏鎮，也是詩詞家湯國梨的故鄉，是她一生魂牽夢縈之地。

事實上，湯國梨並不是在烏鎮出生的，而是誕生於上海一個平民家庭。其父親為一位普通的讀書人，祖籍是浙江省桐鄉縣烏鎮。**湯國梨是長女**，父母希望她的出生，能再引來一個男孩，遂給她取下了「引官」的乳名。待她長大，有了自己的思想與主見之後，**把「引官」改為「影觀」**，作為自己的號。湯國梨出生後第二年，就跟隨父母去了江陰，兩年後又轉往漢口，其父當時在漢口一家茶葉店當會計。然而，湯國梨九歲時，父親便因病亡故，孤兒寡母在異鄉的生活，是可想而知的艱辛。無奈之下，其母只好帶著三個孩子回到故鄉烏鎮，寄居在湯國梨的舅父家中。

湯國梨從小跟著父母顛沛流離，直到回到烏鎮，她才覺得真正回了「家」，雖然只是寄人籬下，但她愛上了這個風景秀麗、民風淳樸的地方，而她對烏鎮的感情，也貫穿了她此後的一生。烏鎮的靈秀與獨特情韻，薰陶了少女湯國梨善良美好的心靈。她早年在《過王家莊》中寫道：「雞犬聲相遞，幽幽一徑通。柔桑低礙愛，細竹亂驚風。款語逢村女，行歌羨牧童。桃源在人境，莫更問漁翁。」這桃源般的農桑生活，深深的浸潤著她，使她逐漸長成一個亭亭玉立、蕙質蘭心的姑娘。

如果可以，她情願在這片美麗的土地上度過一生——然而，民主革命的思想很快傳到了烏鎮，引發她追隨時代潮流、勇敢開創美好未來的想法，她甚至**拒絕了封建式的纏足**。這時的她早已到了談婚論嫁的年紀，前來說媒的人也踏破了門檻；但她渴望求知，渴望到上海求學，所以對自己的終身大事，始終熱衷不起來，最後終於在二十三歲那年，挾著舅父的支持，於該年秋天考入上海務本女塾。

一九〇七年夏天，湯國梨以第一名的好成績從務本女塾畢業。她回到故鄉，在私立吳興女校擔任教師，後任舍監，最後任職校長。一九一一年

▲ 湯國梨。

秋天，湯國梨應務本女塾幾位老同學之邀，辭去吳興女校的職務，到上海準備創辦學校；可是剛到上海不久，武昌起義的槍聲便打響了。辛亥革命爆發後，她和張默君、談社英等人一起，**在上海創辦了神州女學與《神州日報》**，她同時擔任神州女學的老師和《神州日報》的編輯。

一九一三年，湯國梨**已年屆三十，卻仍待字閨中**。在那樣的年代，她無疑是個大齡剩女，可是這位湯小姐，卻在自己的終身大事上不急不緩，想必有其他心思。想當初，在務本女塾求學期間，她還是公認的「皇后」，因為她不但出落得娉婷秀雅，且文學與藝術才華橫溢；這樣一位才貌雙全的女子，眼光自然不會太低。而且這位清雅嫋嫋的小姐頗具豪情，在務本女塾時，曾寫下「興酣落筆書無法，酒後狂歌不擇腔；一任旁人窺冷眼，自扶殘醉倚晴窗」的豪邁詩文，令一眾男女同學無不側目。既有如此氣魄，那麼若非才貌出眾之人，又豈會入她的眼呢？

然而，就在這年五月的某個晴朗日子，湯國梨的好友兼閨密張默君，神祕兮兮的遞給她一封信，叫她趕快拆開來看。湯國梨一頭霧水的打開信，看著看著，臉上竟飛起紅霞——原來，這是鼎鼎大名的大學者章太炎寫給她的求婚信。信中，章太炎言簡意賅的向她表達自己的欽慕之情，讓湯國梨好好考慮一下。事實上，**張默君是受父親張通典的託付，特意來給兩人做媒的**。

張默君問湯國梨要不要與章太炎先生見一下面，湯國梨卻說她已經見過。原來，早在一九〇四年，還在務本女塾的時候，湯國梨就曾見過這位大學者，還聽過他成立光復會、反對滿清王朝的革命演說，對他早已心懷仰慕之情。不過，仰慕歸仰慕，若要將他作為夫婿的人選，湯國梨不免有些猶豫了。在她看來，章太炎除了頗有才學之外，其他的條件並不出眾，

▲ 湯國梨與章太炎的婚禮。

長相也只能算是一般；其次，他們兩人的年齡差距有點大，章太炎足足長了她十三歲；還有一點就是……章太炎很窮。但是，湯國梨在羅列出這一系列不符條件之後，又思量道：「可是，他為了革命，不惜在清王朝統治時期剪辮示絕，此後還為了革命坐牢，為宣傳革命辦《民報》，他的精神骨氣和淵博的學識，顯然非一般無名小卒所能企及。我若與他結合，便方便向他討教學問了。」既然有了這樣的想法，湯國梨自然是有心與章太炎結為夫妻了。

一個多月後，湯國梨與章太炎在上海靜安寺路愛儷園舉行了盛大的婚禮。除了證婚人蔡元培之外，到場祝賀這對新人的親戚朋友達到兩千多人，其中不乏一些名士，如孫中山、黃興、陳其美等。當天的證婚詞可是一大亮點，因為是由新郎本人所寫，不僅詞藻華麗、蘊藉深厚，更把對偶、典故統統用上，將新郎官的才華一展無遺。大家甚至向這對才情並茂的新人求起詩來。

作為文壇泰斗，章太炎立刻即興一首：「吾生雖秭米（按：秭音同紫，秭米即米粒），亦知天地寬。振衣涉高岡（按：高起的土坡），招君雲之端。」剛一吟畢，全場便響起熱烈的掌聲，大家於是又起鬨，讓新娘子也來一首。湯國梨隨即毫不扭捏的當場詠讀她的舊作《隱居詩》，以酬賓客：「生來淡泊習蓬門，書劍攜將隱小村。留有形骸隨遇適，更無懷抱向人喧。消磨壯志餘肝膽，謝絕塵緣慰夢魂。回首舊遊煩惱地，可憐幾輩尚爭存。」就這樣，一對才子佳人迅速「閃婚」，正式結為秦晉之好。

然而，新婚一個多月後，二次革命爆發，章太炎北上討袁，卻遭到袁世凱軟禁，這無疑給甫做新嫁娘的湯國梨帶來巨大的打擊。她急忙託人去丈夫的故鄉餘杭，欲與其族人共商營救辦法，豈料，得到的答覆竟是——「族中已決定將他開除出族」！無奈之下，她又致電袁世凱，希望對

▲1913 年夏天，章太炎、湯國梨婚後與湯國梨的兩位母親沈太夫人和鄒太夫人合照。

方能放了自己的丈夫。袁世凱給她的答覆亦是決絕的：「太炎文章，可橫掃千軍。」一切徒然！湯國梨頓時憂憤交加，卻也無計可施，只好日復一日的等待丈夫歸來。思念氾濫時，她就填詞來排遣自己對丈夫的切膚之思。

誰也不曾料想到，章太炎此去，竟**被袁世凱囚禁了三年**。曾經的新婚夫婦，如今也稱得上是「老夫老妻」了，可是**他們在一起的時間，卻只有一個多月**，如何不叫人心酸？三年裡，飽受相思之苦的兩人，只能靠鴻雁傳書互訴衷腸。篇首那首《裁書》，正是湯國梨的真實寫照，道出她備受痛苦與思念煎熬的心情。

每個孤燈照眠的夜晚，她皆輾轉反側，難以成眠。她想起他們戲劇般的結合，想起新婚的甜蜜，又思及此刻的孤枕難眠，不禁悽愴難耐。想到被囚禁的他，日子一定很不好過，她便再也無心睡眠，登時爬起身來，就著昏燈給他寫信。不過，寫什麼好呢？寫她對他的萬般思念與掛懷？又恐他更添心傷。寫些歡快之事，讓他片刻莞爾？可是，自從他走後，哪還有什麼事能讓她開懷的呢？就這樣，她寫了疊好，又重拆開；再寫，再拆，如此陷入無盡的懊喪，最後竟不知怎麼下筆。不知不覺間，夜半已過，那一張長箋歷經塗塗改改，竟未能成文；而她，亦是眉頭緊鎖，睡意全無。

這樣的畫面，在章太炎被囚禁的日子，幾乎夜夜都有，而身在囚牢中的那個人，又何嘗不知愛人的苦心呢？每每在給他的書信中，她總是寄送詩詞以作安慰。至於他，心中亦是對她愧疚難當。他想起婚後那一段短短的歲月，他與她月下漫步，燈下共讀……他是如此眷戀她的溫存，卻無奈與她相隔千萬里，有時思念蠶食著他，竟讓他心生解脫之意……但是，想到她還在家中痴痴的等他歸去，他又告訴自己，不管多難多苦，一定要活著回去，以彌補對她的虧欠。

就這樣，他們靠著頻繁的書信往返，互相勉勵，一同迎來了他們的相聚之日。

三年後，隨著袁世凱的逝去，章太炎與湯國梨得以重聚。不過在他們的第一個兒子出生後，章太炎又追隨著孫中山的腳步，投身於革命事業中，與湯國梨聚少離多。一直到一九一八年，他才遠離政治，專心學問，與她朝夕相伴。而她，始終在他身側，默默陪伴與鼓勵著他，直到他們婚後的第二十三個年頭，他離開人世為止。

3. 過三關、追十三年，邵元沖抱得張默君

《筠廬紫薇初放悵懷翼公》——張默君

沐浴乾坤婉孌春，搖天猶記倚寒筠。
絳雪如夢君何處，腸斷江山半屬人。

一九二四年，時任孫中山機要祕書的邵元沖（字翼如），把自己的新作《美國勞工狀況》寄給張默君，以此試探張默君的心意。彼時，曾在江蘇響應武昌起義、後來成為著名報人與教育家的張默君，正擔任江蘇省立第一女子師範學校校長。這位**年屆四十卻依然獨身的女傑**，在收到書函後，一時百感交集。回望這十多年來邵元沖的執著，她心中緊閉的情感大門，也在頃刻間洞開——雖然已是美人遲暮，可是要說心中對愛情已無渴望，那是騙人的。

她在心中揶揄自己：邵元沖有什麼不好呢？單就他對自己的一往情深，便千金難買。一思及此，她文思泉湧，一口氣寫下六首七絕言情詩予以回覆，大意是：與君分別已八年，期間音訊全斷；昨日忽然收到你送來的近作，一時感慨萬端，有感而作。焦急等待的邵元沖收到心上人的信函後，歡喜的跳了起來，然後長長的鬆了口氣，因為他那糾結的愛情，終於得到回應。

關於邵元沖與張默君的這段情緣，還要追溯到十多年前。

辛亥革命後，張默君愛上了好友蔣作賓，並找了個機會邀請他到家中作客，其醉翁之意不在酒，而是想讓自己的母親「過目」一下未來的女婿，替她把把關。豈料，蔣作賓到了張家後，卻與張默君的三妹張淑嘉一見鍾情，不知內情的張母見三女兒和蔣公子情投意合，當下便表明贊成他們在一起。在這場戲劇化的愛情中，張默君頗感受傷，甚至憤然發誓終身不嫁。

同是同盟會會員的邵元沖知道這件事後，簡直高興極了，因為他早就鍾情於這個比自己大六歲的女子。於是，他藉機向張默君表達了自己的愛意，卻被張默君一口回絕。當時的張默君才情並茂、風華絕代，**哪裡會把一個比自己小六歲的部下放在眼裡？**為了讓邵元沖死心，她甚至提出了對另一半的三個要求：文掌官印、武為將軍、留學畢業——這三個條件對當時的邵元沖來說，無疑是極其苛刻的。然而，沮喪歸沮喪，他終究放不下對張默君的感情，決心迎難而上，把這三個條件當作自己的奮鬥目標，誓將抱得美人歸。

邵元沖本就是個有志青年，文筆十分了得，所以對他來說，「文掌官印」自然最好入手。一九一六年，居正在山東濰縣組織軍隊討袁護國，邵元沖本就與他在上海相熟，便毫不猶豫的投入軍中，且最終得到警備司令的委任狀。對於這個委任狀，邵元沖如獲至寶，因為

▲ 邵元沖（左）、張默君及其子女。

這好歹也是個將軍頭銜啊，不正符合張默君的第二項要求嗎？

一九一九年，邵元沖赴美留學，在遊歷歐洲的同時，還考察黨務，成為名副其實的留學海歸（按：指在海外留學或工作一段時間後歸國求職或創業的人）。一九二四年，他回到中國，先後任國民黨中央執行委員、黃埔軍校第二任政治部主任，備受孫中山賞識，不久便被提升為孫中山的機要主任祕書。

在攻下「三座大山」之後，邵元沖終於懷著忐忑的心情，把那本《美國勞工狀況》寄給了張默君。就這樣，這場十三年的「持久戰」終於告捷，兩人很快於一九二四年九月十九日在上海滄洲飯店喜結良緣。已是徐娘半老的新娘子，在新郎眼裡依舊風姿綽約。洞房之夜，自覺幸福到要飛上天的邵元沖贈詩給張默君：「昔日女牛（按：織女星和牽牛星）愁永隔，今朝鸞鳳喜雙飛。洞房春色知何限，慚愧寒筠（按：即青竹，邵元沖借物自況）倚紫薇。」同時表示「明朝鸞鏡下，應許掃雙眉」，並特地取別號「守默」，以示終身守護、誓不辜負之意。

婚後，兩人幸福和諧，感情甚篤，堪稱「金閨良友」。他們要麼商討國是（按：

專指治國的政策、規劃；國事則指有關國家的一切事務），要麼切磋學問、詩詞唱和，極具默契。兩人還同遊泰山、嶗山、雁蕩山，總是出雙入對，形影不離，恨不得把錯過的光陰都補足。至於每一次的離別，他們都要透過各種方式來傳遞兩地的相思情愁——電報、信函、詩帕、紅豆、楓葉，全被他們賦予愛的詩意，充當他們愛情的使者。

邵元沖有寫日記的習慣，婚後，他與愛妻的生活點滴，就成了他日記裡的主題；**在日記裡，他認真記下兩人的閨房情趣**，比如：親吻妻子是他每日回家的必做事項，若哪一次忘記了，引來張默君的不滿，他便會被罰做一百遍。不過，對於這樣的懲罰，他自然甘之如飴。而張默君會在寄給丈夫的十粒紅豆上，每一粒都吻過一遍，邵元沖收到紅豆後，則立刻激動的每粒回吻二十遍，就這樣一連數天，其日記中都是「擁紅豆而寢」這件事。即使公務纏身，邵元沖依然會在工作之餘，細心的為妻子修剪指甲、插戴鮮花、梳理頭髮，實在是個模範丈夫。

然而，邵元沖的日記，永遠停留在了一九三六年十二月四日。是時，他被蔣介石急電召至西安，不料幾日後，也就是十二月十二日，西安事變爆發；當槍聲乍起，邵元沖慌亂的從招待所跳窗而逃，不幸被流彈擊中，並於兩日後不治身亡——他是西安事變中唯一一個死於非命的人。

痛失愛人的張默君萬念俱灰，懷著沉痛的心情回到故鄉湖南湘鄉，準備長期歸隱，不再過問政事。她在韶峰買下一棟住宅，取名「蓉廬」，並修建了一棟閣樓，題名「聽韶」。又因邵元沖最愛紫薇花，她便在蓉廬周圍遍植紫薇花，見花如見君。在蓉廬，她潛心作詩、繪畫、寫字，並出產了大量扣人心弦的悼亡詩詞，如「我今消瘦勝梅清，起舞吳鉤作怒命。倘問華郎何所似，三年淚雨不曾晴」。雖然他與她在一起的時光，只有十三年，但他已透支了她一生的悲歡，如今，他與她天人永隔，可是她的心，沒有一刻與他分離。

每年春深，見蓉廬的紫薇花事爛漫，張默君總忍不住觸景傷情，想起往日的恩愛畫面，悲痛欲絕；開篇這首《筠廬紫薇初放悵懷翼公》，便是長歌當哭。昔日與夫君於春深處賦詩作詞的情景，仍歷歷在目，只可惜那個把自己捧在手心中的人，如今已遠在塵世之外，留下自己獨飲相思酒，「腸斷江山半屬人」。這無限的傷感、無限的悲戚，怕是窮盡一生，也不可終結。

時至今日，她不禁悔恨自己當年的年輕氣盛，悔恨自己的孤高自恃。若不是那目空一切的狂妄，又怎會讓自己的幸福，走了那麼多彎路，耽擱了那麼多年的光陰，讓深愛自己的這個男人，吃盡了苦頭？也許是上蒼憐他付出太多，所以讓他早早脫離這一場宿命般的「苦海」，讓她與他的角色易了位，從此嘗盡思念之痛，備受情難斷絕的折磨。至於人間的冷暖，她一人承擔。

4. 沈從文為師不尊？用盡一生來愛張兆和

我一輩子走過許多地方的路，行過許多地方的橋，看過許多次數的雲，喝過許多種類的酒，卻只愛過一個正當最好年齡的人。

——沈從文

在遇見張兆和之前，沈從文的經歷有些曲折。這個十四歲就投身行伍，浪跡湘川黔（湖南、四川、貴州）交界地區的「武夫」，在脫下軍裝後竟轉而搞文學創作，且成功發表了些作品，後來還與胡也頻、丁玲一起籌辦了《紅黑》雜誌和出版社。

一九二八年，沈從文受胡適之邀，到吳淞中國公學任教，當時胡適擔任吳淞中國公學的校長，兩人是在沈從文發表大量作品期間認識的。

在中國公學，沈從文**愛上了學生張兆和**。

張兆和自然看不上這個只有小學文化的「鄉下人」，況且他在上第一堂課時還鬧出了笑話呢！據說他在開講前足足呆愣了十分鐘，然後又用十分鐘念完了原本需要一個多小時的教學內容。念完講課內容後，他再次發不出一語，最後只好用寫的：「今天是**我第一次登臺講課，人很多，我害怕了**。」惹得學生哄堂大笑。不知道身為大家閨秀的張兆和有沒有笑，但這個呆傻的老師留給她的印象鐵定不好。

和沈從文比起來，張兆和的名氣不知大到哪兒去了。她出身於安徽合肥的一個富商家庭，家有良田萬頃；她的父親張武齡熱衷於結交各界名流，尤其與教育界的蔡元培、胡適等交情甚篤，並熱心投資教育事業，而最讓他引以為豪的，恐怕還是他那四個才貌雙全的女兒：張兆和排行老三，上有大姐張元和、二姐張允和，下有小妹張充和。在她成年之後，對她心懷仰慕之情的男性甚眾，這不光讓她自己頗感意外，就連她的姐妹們也覺得不可思議。因為在四姐妹中，她的姿容儀態確實不如其他幾個姐妹出眾，不但皮膚黝黑，人稱「黑牡丹」，髮型也不好看——是那種有點老土的短髮，身材也不夠苗條，甚至給人健壯之感……總之，與秀氣不大沾邊。

不過，她也有出色的地方，像是她不但與二姐張允和作為第一批女生，進入了中國公學預科班，功課樣樣頂尖，還擔任了中國公學女子籃球隊的隊長，是全校女子運動全能第一名，凡此種種，也是吸引人的本錢了。不過，這些前仆後繼的追求者讓張兆和很是煩惱，最後，這位調皮的大家閨秀索性把他們一一編號：青蛙一號、青蛙二號、青蛙三號……當沈從文也加入到這個隊伍之後，張小姐便感到為難了。且看這人雖然是她的老師，但學歷很低，經濟上也有困難，性格又是呆鵝型，恐怕連「青蛙」也算不上吧；後來，還是她二姐張允和形容得比較貼切——他只能算是**「癩蛤蟆第十三號」**。

▲ 張家四姐妹合影（前右為大姐元和、前左為二姐允和、後右為兆和、後左為小妹充和）。

二十六歲的沈從文對十八歲的張兆和一見傾心，並很快向她表露心跡。事情是怎麼樣的呢？話說有一天，張兆和收到一封信，根據以往的經驗，她知道這又是一封情書，因為這樣的情書在她這裡已經成堆了。她漫不經心的打開來看，原來是沈從文寫來的，一大張信紙上只寫了一句話：「**我不知道為什麼忽然愛上妳？**」張兆和沒有理會。緊接著，沈從文的信接二連三的來了，而且越寫越長也越來越大膽直白，最後甚至寫出「我不但愛妳的靈魂，我更愛妳的肉體」之類露骨的話。張兆和當時並不知道，沈從文的祖母是苗族人，母親是土家族（按：擁有一千多年歷史的古老民族，主要居住在雲貴高原東邊）人，所以在男女情事上，他秉承了湘西人的執著和坦率。

但張兆和對此難以忍受，只感到一種羞辱，於是跑去找校長胡適，向他揭發沈從文的「為師不尊」。胡適在聽了事情的前因後果後，爽朗的笑道：「他愛妳有什麼不好？這樣吧，還是由我出面，和妳父親談談你們的事。」張兆和一聽就急了，忙說：「不要去講，不要去講。」胡適又一本正經的對她說：「我知道沈從文頑固的愛妳！」張兆和馬上回絕：「我頑固的不愛他！」

其實，胡適真心想撮合沈從文和張兆和。一方面，他和張兆和的父親張武齡交情甚篤；另一方面，他對沈從文有愛才之心，以他對沈從文的了解，認為「沈從文會成為中國最好的小說家」。不過，既然張兆和對沈從文有抵抗心理，他也不好再強求。

一九三〇年，胡適辭去中國公學校長的職務，到北大做教授之後不久，沈從文也離開中國公學，到國立青島大學（山東大學）任教，張兆和則繼續留在中國公學念書。從始至終，沈從文對張兆和的感情都保持著不變的熱度，這從他每一封掏心掏肺的情書中就能看出來，他甚至在信中說：「**儘管很多人都願意做君王的奴隸，而我卻只願意做妳一人的奴隸。**」作為一名大學教授、一名當紅小說家，能把自己看得如此卑微，可見他把心上人放在了極高的位置。

轉眼到了一九三二年。某個夏天的早晨，一個文氣十足的青年人出現在蘇州張家的大門外。他告訴守門人，說自己姓沈，從青島來的，要找三小姐張兆和。守門人說：「三小姐不在，您可以進來等她。」這是沈從文第一次登門拜訪，心中本來就無比忐忑，一聽張兆和不在家，他怎敢獨自進去？遂退到大門對面的牆角發呆。此時二姐張允和恰巧在家，聽人報信後，隨即出來迎接。她告訴沈從文，張兆和去圖書館看書了。沈從文不知如何是好，接著只吐出三個字：「我走吧！」於是張允和讓他留下地址，這才知道他住在旅館。待張兆和從圖書館回來，張允和怪她道：「妳明知道沈從文今天要來，卻偏上圖書館，躲他幹什麼！」在二姐的勸說下，張兆和答應去見沈從文，但知道他住在旅館之後，又不好意思去了。二姐見狀告訴她：「你們見了面，妳就跟他說，我家有好幾個弟弟，你上我家和他們玩吧。」張兆和後來見到沈從文，還真老老實實的把二姐教她的話複述了一遍。於是那年夏天，沈從文在蘇州張家待了一個暑假，主要就是講故事給張兆和的幾個弟弟聽。

一九三三年初春，沈從文開始

▲張允和（左）、張兆和（中）、沈從文（攝於蘇州）。

在信中向張兆和提結婚的事，說自己這個鄉下人時刻期盼著能「喝杯甜酒」。很快的，在「媒人」張充和的促成下，開明的張武齡同意了女兒的這門婚事。這年九月九日，沈從文和張兆和在北京中央公園舉行了婚禮。

新婚不久，沈從文就因母親病危，趕回故鄉鳳凰（按：位於湖南苗族自治區西南部）。在船艙裡，他寫信給遠在北平的張兆和：「我離開北平時就計畫好，回鳳凰後每天用半個日子給妳寫信，用半個日子寫文章，誰知**到了這小船上卻只想給妳寫信，別的事全不能做。**」

在之後的婚姻歲月裡，每當他們分開，沈從文都要寫些深情款款的書信給妻子。比如他寫：「我就這樣一面看水一面想妳」；「我原以為我是個受得了寂寞的人。現在方明白我們自從在一起後，我就變成一個不能同妳離開的人了」；「妳的聰明像一隻鹿，妳的別的許多德行又像一匹羊，我願意來同羊溫存，又擔心鹿因此受了虛驚，故在妳面前只得學成如此沉默（幾乎近於抑鬱了的沉默！）……**別人對我無意中念到妳的名字，我心就抖顫，身就沁汗！**只在那有星子的夜裡，我才敢低低的喊叫妳底

（的）名字。」還有那流傳甚廣的：「一個女子在詩人的詩中永遠不會老去，但詩人他自己卻老去了……在同一人事上，第二次的湊巧是不會有的。我生平只看過一回滿月。但我也安慰自己說，我行過許多地方的橋，看過許多次數的雲，喝過許多種類的酒，卻只愛過一個正當最好年齡的人，我應該為自己慶幸。」而事實亦是如此，張兆和不只在他的心裡，也在他的詩裡、小說裡。婚後不久，沈從文便寫出了他影響至今的小說《邊城》，小說中美麗純潔的湘西妹子翠翠身上，就有張兆和的影子；而在他後來的很多小說中，也都能看到張兆和的形象。

抗戰勝利後，有一次張兆和為了照顧生病的弟媳，和沈從文短暫分離，沈從文便又拿出當年的幹勁寫信給她，並表示：「**我想試試看**

▲ 沈從文與妻子張兆和。

在這種分別中來年輕年輕，每天為妳寫個信。」

與沈從文相比，張兆和並不那麼熱衷於兒女情長，雖然有時也會回信給丈夫，但信中更多的是柴米油鹽的瑣事。由於兩人皆不善理財，家中積蓄甚少，張兆和及兩個兒子的生活經常緊巴巴的。為此，她在信中抱怨沈從文過去不知節儉，「打腫了臉充胖子」，「不是紳士而冒充紳士」。每每讀到張兆和的不滿，沈從文都會懷疑妻子對他的感情。他總認為她不愛他，不願意與他一起生活，他甚至告訴她：「妳永遠是一個自由人。」可見在這場感情婚姻裡，沈從文打從一開始就不自信，甚至自卑。

其實張兆和也喜歡沈從文的文字，卻不理解其內心。他們結婚後，她總在他最需要陪伴的時候離他而去，讓他敏感的心加倍失落和孤獨。正如她後來說的：「從文同我相處，這一生究竟是幸福還是不幸，得不到回答。我不理解他，不完全理解他。後來逐漸有了些理解。但是，真正懂得他的為人，懂得他一生承受的重壓，是在整理編選他遺稿的現在。過去不知道的，現在知道了；過去不明白的，現在明白了。」

只是這明白，也終歸太晚，因為那個用盡一生來愛她的男人，已經先走一步。

5. 宋清如至上、民國情書第一人——朱生豪

不道飄零成久別，卿似秋風，儂似蕭蕭葉。
葉落寒階生暗泣，秋風一去無消息。
倘有悲秋寒蝶蝶，飛到天涯，為向那人說。
別淚倘隨歸思絕，他鄉夢好休相憶。

——朱生豪

除了這首詞之外，中國翻譯莎士比亞著作的名文學家朱生豪，還寫了很多情書給宋清如。彼時，他們分隔兩地，**靠書信互訴相思，這種狀態一直持續了十年**；直到十年後，他們才有情人終成眷屬。

回望過去，從相識到結為夫妻，他與她的故事，並非平淡無奇。

朱生豪的成長經歷比宋清如坎坷一些。他出身於浙江嘉興一個破落的商人家庭，十一、二歲時父母便相繼去世。雖然有父母留下的少量遺產，勉強支撐他上到大學，但身世的飄零使他的性格中多了一些沉悶和孤僻。朱生豪十九歲那年，從高等中學畢業後，被校長推薦保送到杭州之江大學就讀，並享有獎學金待遇。第二年，他加入「之江詩社」，在這裡大展詩才，贏得一片讚譽。

當時的社長夏承燾（按：音同陶）**老師更是給他極高的評價**：「閱朱生豪唐詩人短論七則，多前人未發之論，爽利無比。聰明才力，在余師友間，不當以學生視之。其人今年才二十歲，淵默（按：意指沉靜不多話）若處子，輕易不發一言。聞英文甚深，之江辨學數十年，恐無此不易之才也。」對於朱生豪來說，更加重要的是，他在這裡認識了生命中最愛的女人——宋清如。

▲ 宋清如（左）與朱生豪。

生得端莊美麗的宋清如來自常熟虞山的一個地主家庭。她在家排行老二，名字的出處是表姑媽，她直接取用了一個大學同學的現成名字……不管怎樣，虞山的山水滋養了這個頗具靈性的女孩子，使她出落得美麗動人，深得父母親的寵愛。自小就極有主見的她，透過不斷努力和抗爭，最終完成了從小學到高中的學業。父母本希望她念完初中就回家嫁人，但她堅決「不要嫁妝要讀書」；父母對這個才情出眾、獨立自主的掌上明珠疼愛有加，便答應了她的請求，送她去杭州之江大學就讀。

宋清如剛進之江大學，就聽人提起之江詩社有個才子名叫朱生豪，此人詩才了得，不過也只聞其名，未見其人。直到她後來加入之江詩社，才見到了這名傳說中的才子。入社時，每人要先交一首詩；宋清如寫了一首《寶塔詩》，隨後朱生豪拿過詩認真一看，並朝她笑了笑，她立刻害羞的低下頭去。後來，朱生豪每每寫了新詩，都要寄給宋清如看，宋清如也常向他請教寫詩。

有一天，在校園散步的宋清如碰見了和同學走在一塊兒的朱生豪，可他們沒有打招呼，倒像陌路一般。就要擦肩而過的時候，同學突然把朱生豪往宋清如身上一推，使得當事人變得十分尷尬。從那之後，兩個人的感情發生了微妙的變化。不過宋清如早就聽說當時的朱生豪有個年長六歲的女朋友，將他照顧得無微不至；後來朱生豪主動寫信澄清這件事，說他們只是詩友，把這些事攤開說明，自此兩人的關係變得更加親密，書信來往也越來越頻繁，但說的盡是些寫詩的事。

一九三三年，比宋清如早畢業的朱生豪經人介紹，入職上海書局，參與編纂《英漢四周辭典》。就此，他寫給宋清如的信，都是赤裸裸的思念。這個在外人眼中性格孤傲的年輕詩人，面對心上人時，全然是可愛、嬌憨、稚氣的，恨不得剖心析肝以示衷心。你看，他寫：

「醒來覺得甚是愛妳。」

「不要愁老之將至，妳老了一定很可愛。而且，假如妳老了十歲，我當然也同樣老了十歲，世界也老了十歲，上帝也老了十歲，一切都是一樣。」

「我是，我是宋清如至上主義者。」

「要是世上只有我們兩個人多麼好，我一定要把妳欺負得哭不出來。」

「心裡不痛快的時候，也真想把妳抓起來打一頓才好。」

「我只願意憑著這一點靈感的相通，時時帶給彼此慰藉，像流星的光輝，照耀我疲憊的夢寐，永遠存一個安慰，縱然在別離的時候。」

「**我愛妳也許並不為什麼理由，雖然可以有理由**，例如妳聰明、妳純潔、妳可愛、妳是好人等，但主要的原因大概是妳全然適合我的趣味。因此妳仍知道我是自私的，故不用感激我。」

「我一天一天明白妳的平凡，同時卻一天一天越更深切的愛妳。妳如同照鏡子，妳不會看得見妳特別好的所在，但**妳如走進我的心裡來時，妳一定能知道自己是怎樣好法……**。」

「我們都是世上多餘的人，但至少我們對於彼此都是世界最重要的人。」

「我想要在茅亭裡看雨、假山邊看螞蟻，看蝴蝶戀愛，看蜘蛛結網，看水，看船，看雲，看瀑布，看宋清如甜甜的睡覺。」

「我找到了妳，便像是找到了真的自己。**如果沒有妳，即使我愛了一百個人，或**

有一百個人愛我，我的靈魂也仍將永遠徬徨著。妳是unique（獨一無二）的。我將永遠永遠多麼、多麼的歡喜（喜愛）妳。」

「凡未認識妳以前的事，我都願意把它們編入古代史裡去。妳在古時候一定是很笨、很不可愛的，這我很能相信，否則我將傷心不能和妳早些認識。我在古時候有時聰明有時笨，在第十世紀以前我很聰明，十世紀以後笨了起來，十七、八世紀以後又比較聰明些，到了現代又變笨了。」

「我越是成為博愛的自我，我越是發瘋的仇視它。」

「每天每天妳讓別人看見妳，我卻看不見妳，這是全然沒有理由的。」

「總之妳是非常好、非常好的，我活了二十多歲，對於人生的探討的結果，就只有這一句結論，其他的一切都否定了。當然我愛妳。」

「只有妳好像和所有的人完全不同，也許妳不會知道，我和妳在一起時較之和別人在一起時要活潑得多。與舉世絕緣的我，只有妳能在我身上引起感應。」

「傻瓜，我愛妳。」

「今天中午氣得吃了三碗，肚子脹得很，放了工還要去狠狠吃東西，誰叫宋清如不給我信？」

「有閒生活和齷齪（不乾淨）的小弄、崎嶇的街道，都是我所不能愜意之點。但（蘇州和常熟）兩地山水秀麗，吃食好，人物美慧，都是可以稱美的地方。如果兩地中我更愛常熟，那理由當然妳明白，因為常熟產生了妳。」

朱生豪給宋清如寫信，有種停不下來的感覺，總是這封信才剛寄出去，他忍不住又開始動筆寫下一封——據說他寫給她的信，總共有三百多封。宋清如自然是熱切回應，不過言語上還真做不到朱生豪這般直白。

一九三五年，**朱生豪決定翻譯莎士比亞的著作**；他寫信告訴心上人，自己將把譯著作為禮物獻給她。面對愛人的如此深情，宋清如激動之下，當即寄去一首《迪娜的思念》，作為給朱生豪的回應。朱生豪則在收到心上人的思念之詩後，立刻將它譜成了歌曲。

光陰似箭，不知不覺間，兩人竟靠著書信往來度過了漫長的十年分離。一九四二年，他們在上海結為夫妻，結束了兩地的苦相思。婚後的朱生豪仍一心埋在譯莎事業中，兩耳不聞窗外事，宋清如則不復當年那個傲嬌的才女，甘願為丈夫洗盡鉛華，素手做羹湯。這正應了兩人的證婚人——一代詞宗夏承燾，在婚禮上給他們的題字：才子佳人，柴米夫妻。

然而好景不常，終日沉浸於譯莎工作的朱生豪健康日下，卻依舊筆耕不輟。一九四四年十二月底，這位結婚才兩年的天之驕子，遭受了肺結核等多種病症的非人折磨，最終撒手人寰。臨終前，他淒淒呼喚著愛妻：「清如，我要去了。」

失去愛人的宋清如自是悲痛欲絕，甚至絕望到執意隨他而去：「**你的死亡，帶走了我的快樂，也帶走了我的悲哀**。人間哪有比眼睜睜看著自己最親愛的人，由病痛而致絕命時那樣更慘痛的事！痛苦撕毀了我的靈魂，煎乾了我的眼淚。活著的不再是我自己，只似燒殘了的灰燼、枯竭了的古泉，再爆不起火花、漾不起漪漣。」然而，殘酷的現實又令她不得不收起眼淚，打起精神，因為剛滿週歲的稚子需要她，丈夫未竟的事業也需要她。無奈之下，她轉身回到講壇，為生計奔波；與此同時，她開始接手朱生豪的譯莎工作，誓將完成亡夫的遺志，而她這一接手，就是一生。

一九九七年，在陰陽相隔五十三年後，宋清如追隨仙逝的愛人而去。此時，由於朱生豪的墳塋已在文革中被銷毀，宋清如只能和《莎士比亞全集》、朱生豪的書信等信物一起下葬。在另一個世界，相信沒有什麼能將他們再分開。

選集一　朱生豪情書

妳在我心中十分可愛

宋：

謝謝妳給我這麼一件好工作！很想拒絕妳的，但不願拒絕妳，妳太好了。圖書館裡借了四本《史通》、兩本《中國曆史研究法》，本想抄一些話頭，可是回來之後，一起把它們看完了，算勉強得到一點煙士披里純（按：英文 inspiration 的音譯，意思是「靈感」），寫好了這一篇狗屁文章。

為什麼妳說我又要生氣，這也算懂得我嗎？妳懂得我我不是頂（最）高興？

被人說作浪漫，尤其是被那些偽君子之流，他們說這兩字總有一點不甚好的意

味，並不算是有趣的事，但實際上妳與我都只能說是浪漫的人。我們的性格並不完全一致，但盡有互相共鳴的地方。我們的認識雖是偶然，我們的交契卻並非偶然。憑良心說，我不能不承認妳在我心目中十分可愛，雖我對於妳並不是盲目的讚美。我們需要的是對於彼此弱點的諒解，只有能互相諒解的人，弱點才能變成並不可憎，甚至於反是可愛也說不定。

除非我們在自己心理的矛盾下掙扎著找不到出路，外觀的環境未必能給我們的靈魂以任何的桎梏（束縛）。

說厭惡陳舊是人們普通的思想也未必盡然，這世間多的是沉湎骸骨的人，尤其在我們這老大古國裡。我常想，要是中國並沒有幾千年古文化作（為）基礎，她當可以有希望一些。舊的文化，無論怎樣有價值，為著免得阻礙新的生長起見，都有一起摧毀的必要。

一萬個虔心的祝福！

朱　十四（日）夜

想不到妳竟會抓住我的心

清如：

一向我從不以離別為一件重大的事，而今卻覺得十分異樣。說些什麼話吧，卻也說不出來。

想不到妳竟會抓住我的心，妳（這樣）純良的人！**然而我也未嘗沒有逃避的可能。但我不忍心飛去**，當一天妳還記著我的時候。

不忙就回去吧？明天給妳到西湖裡再坐一次划子（小船），去不去告（訴）我。回去的話，一定通知我什麼鐘點，好送妳行。妳去了之後……不，沒有什麼。

朱　廿二（日）晨

我一定要吃糖，為著寂寞

清如：

昨夜我做了一夜夢，做得疲乏極了。大概是第二個夢裡，我跟妳一同到某一處地方吃飯，還有別的人。那地方人多得很，妳卻不和我在一起，自管自一個人到裡邊吃去了。本來是吃飯之後，一同上火車，在某一個地方分手的。不料我等菜許久沒來，進來看妳，妳卻已吃好，說不等我要先走了，我真是傷心得很，妳那樣不好，神氣得要命。

不過我想還是我不好，不應該做那樣的夢，看妳的詩寫得多美，我真歡喜極了，幾乎想抱住妳不放，如果妳在這裡。

我想我真是不幸，白天不能困覺（睡覺），人像在白霧裡給什麼東西推著動，一

切是茫然的感覺。我一定要吃糖，為著寂寞的緣故。**這裡一切都是醜的**，風、雨、太陽，都醜，人也醜，我也醜得很。**只有妳是青天一樣可羨**。

這裡的孩子們學會了各色罵人的言語，十分不美（不好），父母也不管。近來哥哥常罵妹妹潑婆。妹妹昨天說，你是大潑婆，我是小潑婆。一天到晚哭，鬧架兒（吵鬧、打架）。

拉不長了（信寫不長了），祝妳十分好！六十三期的校刊上看見妳的名字三次。

朱　初三

我靈魂不曾有一天離開過妳

好：

謝謝妳給我一個等待。**做人最好常在等待中**，須是一個遼遠的期望，不給你到達最後的終點，但一天比一天更接近這目標，**永遠是渴望，不實現也不摧毀**，每天發現新的歡喜，是鼓舞而不是完全的滿足。頂好（最好）是一切希望完全化為事實，在生命終了前的一秒鐘中。

我仍是幸福的，我永遠是幸福的。世間的苦不算什麼，妳看我靈魂不曾有一天離開過妳。

祝福妳！

朱　十五（日）下午

妳是我心裡頂溺愛的人

宋：

才板著臉孔帶著衝動寫給妳一封信，讀了輕鬆的來書，又使我的心弛放（放鬆）了下來。叫他們拿給妳看的那信已經看到？有些可笑吧，還是生氣？實在是，近來心裡很受到些氣悶，比如說有人以為我不應該愛妳之類；而兩個多月來離群索居的生活，使我脫離了一向沉迷著的感傷的情緒的氛圍，有著靜味一切的機會，也確使我漸對過去的夢發生厭棄，而有努力做人的意思。

我真希望妳是個男孩子，就這一年匆匆的相聚，彼此也真太拘束得苦。其實**別說妳是那麼乾淨、那麼真純，就是一些人的冷眼，也會把我更有力的拉近了妳的。**我沒有和平常人那樣只鬧一回戀情的把戲，過後便撒手了的意思。我只希望把妳當作自己

弟弟一樣親愛。論年歲我不比妳大什麼，憂患比妳經過多，人生的經驗則不見比妳豐富什麼，但就自己所有的學問，幾年來冷靜的觀察與思索，以及早入世諸點上，也許確能做一個對妳有一點益處的朋友，不只是一個溫柔的好男子而已。

對於妳，我希望妳能鍛鍊自己，成為一個堅強的人，**不要甘心做一個女人**（妳不會甘心於平凡，這是我相信的），**總得從重重的桎梏裡把自己的心靈解放出來**，時時有毀滅破舊的一切的勇氣（如其（如果）有一天，妳覺得我對於妳已太無用處，盡可以一腳踢開我，我不會怨妳半分），耐得了苦，受得住人家的譏笑與輕蔑，**不要有什麼小姐式的感傷，只時時向未來睜開妳的慧眼**，也不用擔心什麼、恐懼什麼，只努力使自己身體感情各方面都堅強起來，我將永遠是妳可以信託的好朋友，信得過我嗎？

也許真會有那麼海闊天空的一天，我們大家都夢想著的一天！我們不都是自由的渴慕者嗎？

現在的妳，確實是太使我歡喜的，妳是我心裡頂溺愛的人。但如其有那麼一天我看見妳，臉孔那麼黑黑的，頭髮那麼短短的，臂膀不像現在那麼瘦小得不盈一握，而是堅實而有力的，走起路來，胸膛挺挺的，眼睛明明的發光，說話也沉著了，一個純粹自由國土裡的國民（妳相信我不會愛一個「古典美人」？雖然我從前曾把林黛玉作為我的理想過），那時我真要抱著妳快活得流淚了。**也許那時我到底是一個弱者，那時我一定不敢見妳，但我會躲在路旁看著妳，而心裡想，從前我曾愛過這個人……**這安慰也盡可以帶著我到墳墓裡去而安心了。這樣的夢想，也許是太美麗了，但妳能接受我的意思嗎？

為了妳，我也有走向光明的熱望（熱切想完成的希望），世界不會於我太寂寞。

來信與詩，都使我快活。每回妳信來，（我）往往懷著感激的心情，不只是歡喜而已。詩以較高的標準批評起來，當然不算頂好，以妳的舊詩的學力而言，是很可以滿意的了。第一首嫣嫣兩字平仄略不順，不大要緊，第二句固（然）是好句子，但蹈襲（按：因襲成規，而不能自闢途徑）我的句子太甚，把猶襲二字改為空撲吧；三、四句平順無疵。總觀四句，略欠呼應，天上人間句略嫩，聽之，此詩改為：

霞落遙山黯淡煙，殘香空撲採蓮船，
晚涼新月人歸去，天上人間未許圓。

（兩人字重複，因此讀上去覺不順口。倘把人歸去的人改為郎字，卻是一首輕倩〔輕快美好〕的民歌。也許妳會嫌太佻，但末句本不莊〔嚴肅〕，故前面的人字不能改君字。）新月映帶未許圓，使天上兩字不落空。

第二首全體妥。麋字用得新，也許妳用時是無意的？第三首第二句微波漪漣重複，漪字平仄不對；第四句萬般往事俗，改為年年心事即佳。全首改為：

無端明月又重圓，波面流晶漾細漣。
如此溪山渾若夢，年年心事逐輕煙。

三首詩情調輕靈得很，雖然還（缺）少新意，不愧是我的高足（學生），我該自傲不是？前次絕句二十首之後，又作了十一首，沒有給妳看。前幾首較好：

春水橋頭細柳魂，緣蕪園內鷓鴣痕，
蜀葵花落黃蜂靜，燕子樓深白日昏。
倚劍朗吟毿字欄，晚禽紅樹女蘿殘，
何當躍馬橫戈去，易水蕭蕭蘆荻寒。
半臂暈紅側笑嫣，綠漪時掀採蓮船，
蓮魂儂魂花儂色，蛙唱滿湖蓮葉圓。
遲雪沖寒鶴羽毿，偶爾解渴落茅庵，
紅梅白梅相對冷，小尼洗硯蹲寒潭。

略有宋詩調子，第三、四兩首都故作拗句。又第九首：

秋花消瘦春花肥，一樣風煙雨露霏，
蕭郎吟斷數根須，懊惱花前白袷衣（按：唐人的閒居便服，袷音同夾）。

第十一首：

燕子輕狂蝴蝶憨，滿園花舞一天藍，
仙人年幼翅如玉，笑瀲銀鈴酡（按：音同陀，泛紅的）臉酣。

則是我詩裡特有的童話似的情調。

天涼氣靜，願安心讀書，好好保重。

朱朱　廿三（日）夜

秋興雜詩七首，本沒有給人看的意思，但張荃既有信給我，也不妨抄下來並給伊一讀，我沒有另外給伊寫信的心向（心思）。

只想倚在妳的肩上聽妳講話

寶貝：

現在是九點半，我想妳大概已經睡了，我也想要睡了。心裡怪無聊的，天冷下雨，沒有東西吃，**懶得做事，只想倚在妳肩上聽妳講話**。如果不是因為這世界有些古怪，我巴不得永遠和妳廝守在一起。

妳說我們前生是不是冤家？我向來從不把聚散看成一回事，在妳之前，**除妳之外，我也並非沒有好朋友，不知道為什麼和妳一認識之後，便像被一根繩緊緊牽繫住一樣，怪不自由的，心也不能像從前一樣輕了，但同時卻又真覺得比從前幸福得多。**

不寫了，祝妳快樂！

十九（日）夜

我的快樂即是愛妳

宋：

心裡說不出的惱，難過，真不想妳竟這樣不了解我。我不知道什麼叫做配不配，人間貧富有階級，地位身分有階級，才智賢愚有階級，難道心靈也有階級嗎？我不是漫然（隨便）把好感給人的人，在校裡同學的一年，雖然是那樣喜歡妳，也從不曾想到要愛妳像自己生命一般，於今是這樣覺得了。**我並不要妳也愛我，一切都出於自願，用不到妳不安，妳當作我是在愛一個幻像也好**。

就是說愛，妳也不用害怕，我是不會把愛情和友誼分得明白的，我說愛，也不過是純粹的深切的友情，毫沒有其他的意思。別離對於我是痛苦，但也不乏相當的安慰，然而我並不希望永久廝守在一起。我是個平凡的人，不像妳那麼「狂野」，但我

厭棄的是平凡的夢。我只願意憑著這一點靈感的相通，時時帶給彼此以慰藉，「像流星的光輝，照耀我疲憊的夢寐，永遠存一個安慰，縱然在離別的時候」。

當然能夠時時見見面、敘敘契闊（久別的情懷），是最快活的，但即此也並非十分的必要。如果我有夢，那便是這樣的夢，如果我有戀愛觀，那便是我的戀愛觀；如果問我對於友誼的見解，也只是如此。如果我是真心的喜愛妳（不懂得配與不配，妳配不配被我愛或我配不配愛妳），我沒有不該待妳太好的理由，更懂不得為什麼該忘記妳。**我的快樂即是愛妳，我的安慰即是思念妳，妳願不願待我好則非我所願計及。**

願妳好。

朱　廿四（日）

望妳的信如望命一樣

清如：

今天起來看見太陽光，心裡有一點高興。**山中的雨是會給人詩一樣的寂寞的，都市的雨只是給人抑塞而已，連相思都變成絕望的痛苦了。**

望妳的信如望命一樣，雖然知道妳的信不會到得這樣快。一、兩年之前，我還不曾十分感到離別的難堪，友們別了之後，寫信來希望一會（面），總是因懶得走動而拒絕了，以為見不見有什麼關係，朋友何必一定要在一起，那時我該是幸福的。

上星期日是母親忌辰，（我）卻忘記了，今天查起來才知道已經過去。也是昨天一樣的天氣，十一年前的那天，人生的悲哀掩上了我，以至於今日。

祝福。

朱

十九（日）

買書

宋兒：

有點像是要傷風了的樣子，想睡下去，稍微寫些。

因為心裡十分氣悶，決定買書去，莫泊桑已看得不剩幾篇了，作為接濟，買了一本 Flaubert（按：福樓拜，法國著名小說家）傑作集，其中包括他的三個名著，《波瓦立夫人》（按：或譯《包法利夫人》）、《聖安東尼的誘惑》和《薩朗保》，和兩、三個短篇（或者說是中篇）。有點失望，因為其中沒有他的名著《感情教育》，篇幅也比較薄，只有六百多頁，同樣的價錢較莫泊桑少了四百頁。不過其中有《波瓦立夫人》出版後因有傷風化被控法庭上的辯論，和判決全文洋洋數十頁，卻是很可貴的史料，那個法官宣告被告無罪的賢明的判決，在文學史上是很受讚美的。

法國的作品總是描寫性慾的地方特別多，莫泊桑（Maupassant，按：法國著名小說家）的作品裡大部分也盡是軋姘頭（亂搞男女關係）的故事（寫得極美麗詩意的也有，寫得極醜惡獸性的也有），大概中文已譯出來的多是他的雅馴（文辭言語典雅而精緻）的一部分，太純潔的人還是不要讀他的全集好。法國的寫實派諸大家中，Balzac（巴爾扎克）和 Zola（左拉）自然也是非常偉大的名字，但以文字的技術而論，則未免散漫而多涉枝節，不如 Flaubert（福樓拜）和 Maupassant（莫泊桑）的精練。但以我個人的趣味而論，較之莫泊桑的短篇，我總覺得更愛柴霍甫（按：今譯為契訶夫）的短篇，這並不是說前者的評價應當在後者之下，而是因為**一般而論，我喜愛俄國的文學甚於法國的文學**。

出去沒帶傘，回來密密的細雨打在臉上，很快意，簡單放慢了腳步，緩步起來。身邊還有四塊多錢，足夠過年！明天或者不出去。等過了新年拿到薪水，決定上杭州來一次（即下星期），妳如不待我好則不來。實在照這樣子，活下去很不可能。

願妳吉祥如意。

朱兒

我願意聽話，永遠待妳好

好宋：

真的我不怪妳，全不是妳錯，無可如何才怪妳，但實在是不願怪妳的，遇到這等懊惱的事，暫時生一下子氣，妳會允許我的吧？我不曾罵妳，是不是？妳不要難受才好。我願意聽話，永遠待妳好。

說，願不願意看見我，一個禮拜後？抱著一個不曾彌補的缺憾，畢竟是太難堪的事，讓我再做一遍西湖的夢吧，靈峰的梅花該開了哩。妳一定來閘口車站接我，肯不肯？我帶巧格力（巧克力）給妳吃。這回手頭大充實，有五十多塊錢，另外還借出十八塊錢，雖然年節開發（開支），買物事（東西）回家，得用去一些。

其實從北站到我處一段路，也並不怎樣難走，遠雖是遠，只須坐七路提籃橋電車

到底，就沒有多少路，如懶得問，黃包車十來個銅子也拉到了。寓所就在 office（辦公室）轉角，原該早告訴妳的。

今後再不說誑話欺騙自己了，願意煉成一個堅強的鋼鐵樣的信心，永遠傾向著妳，當我疲倦了一切無謂的遊戲之後。**我不願說那是戀愛，那自然是比戀愛更純粹的信念。我願意懂得「永恆」兩字的意義，把悲壯的意味放入平凡的生活裡，而做一個虔誠的人**。因為我是厭了易變的世事，也厭了易變的自己的心情。

妳並不偉大，但在我心裡妳是偉大的。

給妳深深的友愛，我常想妳是比一切弟弟更可愛的弟弟。

朱

九日傍晚

6. 廬隱一生悲情，李唯建融化她冰封的心

《吟懷篇》——李唯建

海濱靈海無潮汐，故人一去絕音息。

冷鷗空留逐波影，異雲徒傷變幻性。

李唯建寫下此詩的時候，與林徽因、冰心並稱三大才女的廬隱已去世四十多年。然而，在經歷了近半個世紀的人生風雨之後，當他回憶起與她的相識、相戀、結婚、死別，依然情不能自已。

廬隱的一生，充滿了悲情色彩。在她的生命中，給予過她歡樂的，唯有愛情；讓她痛苦抑鬱的，也是愛情；到最後，她也是為了愛的延續，斷送了年輕的生命。

廬隱原名黃英，一八九八年出生於福建閩侯縣。其父是前清舉人，性格暴烈；其

母是一個傳統的舊式封建女子，從不曾讀書識字。在盧隱出生之前，家中原本已經有了三個兒子，因此父母都盼望著這次能生個女兒。然而，就在盧隱出生那天，外祖母卻去世了，因此她的**母親把她視作災星**，將她交給奶媽餵養。年幼的盧隱愛哭愛鬧，又滿身都是疥瘡，家裡人對她十分嫌惡，從未給予她一點家的溫情。不幸的是，盧隱三歲多時，不但不會走路，還患了難以醫治的熱病，母親於是產生將她丟棄的想法。最後，幸虧疼愛她的奶媽將她帶到空氣清新的鄉下撫養，她才得以撿回一條命，並長得陽光健康。

不久，當了湖南長沙知縣的父親將她接回家中，一起乘船赴任。在船上，面對橫無際涯的海水，盧隱萬分恐懼，不禁終日啼哭，惹得**父親大怒，竟將她一把抱起，直接扔到海中**，要不是一位僕人的救援，她恐怕無法倖免於難。

在盧隱六歲那年，她的父親因病去世，她隨同母親與哥哥們回到北京外祖父家中居住。在這裡，她又過了不快樂的幾年，不光是她的母親和哥哥們，還有她的舅父和表兄弟姐妹們，全都瞧不起她、孤立她；她的整個童年，可以說是在「地獄」中度過。直到一九一一年，清朝被推翻，她才在大哥的幫助下，開始練習短文習作，最後竟考上了高年級小學，一大家人這才對她另眼相待。十三歲時，廬隱又憑藉著自己的努力，考上了女子師範學校，更是讓家人驚嘆不已，從此，她在家中的待遇有了明顯的好轉。

廬隱十六歲的時候，母親見她已經長成了大姑娘，便開始操心起她的婚事來。可是，當時的廬隱對情啊愛的不感興趣，甚至有些排斥，所以，對於母親施加的壓力，她並不以為然。直到後來，她在舅父家中認識了一位表親林鴻俊，懵懂的少女情懷才慢慢開了竅。

這位林鴻俊長得一表人才，可惜書讀得不多，家境貧寒，無依無靠；但是，他的際遇卻讓廬隱想起了自己不幸的年少時

▲ 少女時代的廬隱。

光，便多了幾分惺惺相惜之情。日子久了，兩人竟暗生情愫，林鴻俊遂向盧隱求婚，儘管母親及舅父都看不上貧窮的林鴻俊，但在盧隱的堅持下，母親及舅父一家最後還是同意讓兩人訂婚。

五四運動後，二十歲的盧隱努力不懈，成功考取了北京女子高等師範學校，且由於不斷學習，她與林鴻俊之間的差距明顯拉大，前者已經逐漸成為一名新式女性，後者卻停留在思想平庸落後的層面。於是，**盧隱果斷與林鴻俊解除婚約**。

事實上，盧隱悔婚的另一個原因，在於此時的她，**心已經別有所屬**；對方是北大哲學系的高才生郭夢良，與盧隱是同鄉，且兩人同歲。不過，在他們相識的時候，郭夢良已經在鄉下有了一個「父母之命、媒妁之言」的妻子。盧隱並不在乎他是有婦之夫，只因她為他的才華所傾倒。一九二三年，盧隱不顧家人反對，與郭夢良在上海結為夫婦，婚後不久，便隨同丈夫回福建探親。既然身分為「妾」，她在郭夢良老家所受的待遇可想而知。不過，對於追求新式愛情的盧隱來說，只要有真愛，一切應該都不是什麼難事，然而，前提得是郭夢良值得她的委曲求全。

這段婚姻究竟稱心與否？郭夢良是不是一個如意郎君？這些，恐怕只有廬隱自己知道了。只是，在她寫給好友程俊英的書信中，也能看出些略帶悔意的端倪來——她寫：「我們曾經一起追求過的那種至高無上的愛情，只應天上有，而非在人間。至於我婚後的日子，老實說，**唯有蜜月比較舒心，過此便一言難盡**。與郭回鄉探親，備受奚落，而郭卻處之泰然。俊英，此豈理想主義者之過乎！」而這段似乎並不稱心的婚姻，也只持續了兩年，最後以郭夢良突發疾病去世而告終。郭夢良去世時，他與廬隱所生的女兒郭薇萱才十歲。處理完郭夢良的後事後，廬隱忍痛將女兒託付給婆婆照看，自己則孤身前往福建女子師範學校任教。

在廬隱想來，此生，她絕不會再涉足情場了，畢竟在這短短幾年間，她已經因愛情的九曲回腸（按：形容痛苦、憂鬱、愁悶已經到了極點）而元氣大傷，備嘗世間艱辛。然而，僅過了兩年多，愛神再次降臨到廬隱身上；這一次，**對象是比她小九歲的清華學生兼浪漫詩人，名叫李唯建**。他們於一九二八年三月在瞿世英家中相識，交談間，廬隱把自己的地址留給了李唯建，此後兩人始有往來。

起初，李唯建喚廬隱姐姐，他們在一起也只是討論文學、暢談人生，是非常純粹的友情。誰知道接觸久了，他竟然對這位憂鬱而才氣十足的「姐姐」產生了異樣的情愫，並大膽的向她告白。面對李唯建突如其來的表白，廬隱想也不想的拒絕了；拒絕的原因，不只因為他比她小，還因為她在受了戀愛與婚姻的苦痛之後，對感情之事已恐懼至極。可是李唯建卻不願放棄，不停的想說服她改變想法：「我覺得妳是過於看重世人的批評了。外人的議論，無非只是一種偏見，既是偏見，我們又何必與他們一般淺見呢？」就這樣，從一九二八年到一九三〇年，在**通了幾十封書信之後**，廬隱終於戰勝了自己的心魔，決定接受李唯建的感情。她堅定的表態：「**讓我們像風和雲一樣結合吧**。我們將永遠互相感應、互相

▲ 廬隱（左）與李唯建。

融洽，即便被世人摒棄，我們也絕對充實，絕對無憾。」

一九三〇年八月，盧隱宣布與李唯建結婚。婚後，她辭去北京師範大學附中女子部教員一職，帶著女兒郭薇萱，與李唯建一起東渡日本。回國後，李唯建在中華書局做外文編輯，盧隱則在上海法租界工部局女子中學擔任國文教師。他們還生了一個女兒李瀛仙，另取名「貝貝」，一家四口過著其樂融融的生活。對盧隱來說，與李唯建完婚後的日子，是她一生中最快樂、最愜意的時光。

可惜命運之神並未眷顧她太久——一九三四年五月十三日，她在產下與李唯建的第二個孩子時，終因大出血而亡。悲痛欲絕的李唯建將她畢生的作品都放入棺內，讓她的心血伴她長眠地下，淒淒慘慘戚戚。

盧隱去世後，李唯建對她思念不已。於她去世一週年之際，他還為她寫了一篇悼文《悼盧隱》，發表在《文學月刊》上。後來，他帶著兩個孩子回到四川，並從此定居下來，從事翻譯工作。一九七七年，七十歲的李唯建再憶盧隱，遂寫下本篇開頭的《吟懷篇》，其情之淒涼，對他與盧隱的那一段往事，空留幾聲哀嘆。

第三章

傷情——相見爭如不見，有情何似無情

愛情不全是藍天白雲、風和日麗，所有的分離、背叛、冷漠、傷害、訣別，都會讓愛的天空烏雲密布、暴風疾雨。在那國事蜩螗、馬足車塵中，愛是動盪，愛是飄搖，愛是離恨……所以，有些情，註定不能久長；有些人，註定不能白頭。

1. 秋瑾、王廷鈞門當戶對，同床異夢終分飛

《詠琴志感》——秋瑾

泠泠七弦琴，所思在翠岑。
成連奮逸響，中散嘆銷沉。
世俗惟趨利，人誰是賞音？
若無子期耳，總負伯牙心。

在成為赫赫有名的鑑湖女俠之前，秋瑾也曾有過女兒家的惆悵心事。

她本就出身顯赫，家族世代為官。與別的女兒家不同的是，她從小就飽讀詩書，杜少陵（杜甫）、稼軒詞都是她的最愛，並常與兄妹、嫂嫂唱和：「柳陰深處囀黃鸝，芳草萋萋綠滿堤。笑指誰家樓閣好，珠簾斜卷海棠枝。」而勇刺秦王的荊軻和精

忠報國的岳飛，則是讓她敬慕萬分的英雄人物。她還好武愛酒、英氣早顯，在秋瑾的老家紹興，其「丰貌英美」可是出了名的。

然而，封建時代的女子，終究逃不過早早嫁作他人婦的命運。十九歲時，她被許配給了「門當戶對」的**湘潭王家**。在秋家看來，這是一場再好不過的婚姻了，因為王家在湘潭可是**有名的富戶**。秋瑾之弟秋宗章在《關於秋瑾與六月霜》中寫道：「王氏先世以商業起家，富甲一郡。」

第二年，二十歲的秋瑾風光的嫁到了湘潭，丈夫王廷鈞比她小兩歲。然而，很快的，秋瑾就對這場婚姻失望了。

雖然秋瑾嫁過來之後不愁吃穿，但王廷鈞卻是個才疏學淺、不學無術、吃喝嫖賭樣樣俱全的

▲東渡日本的秋瑾。（按：秋瑾初名秋閨瑾，留學日本後改名瑾。）

紈褲子弟，用秋瑾的話來說，就是集「無信義、無情誼、嫖賭、虛言、損人利己、欺凌親戚、夜郎自大、銅臭紈褲之惡習醜態」於一身的一個人。而秋瑾生性活潑、志趣高潔，夫妻兩人自然是南轅北轍，矛盾不斷。更讓她苦惱的是，婆婆屈氏是一個霸道得不近人情的封建老太太，男尊女卑的成見尤其深，對兒子無條件的寵溺和縱容，對兒媳則隨意怪罪與辱罵。這自然給一身正氣又崇尚自由的秋瑾帶來了極大的痛苦。因此，她把萬般無奈與惆悵都寫進了詩裡。開篇這首《詠琴志感》，便是她對世態炎涼的感慨，也充滿著苦無知音的無奈。

首句「泠泠七弦琴」，化用唐代詩人劉長卿《聽彈琴》中的「泠泠七弦上」一句。「泠泠」乃水流聲，此處用以形容琴聲清脆；七弦琴即古琴，本為五弦，象徵五行，配成五音：宮、商、角、徵、羽，後來是周文王和周武王各加了一弦，才成了七弦。她彈著動人的琴聲，思緒卻縹緲到伯牙與鍾子期相遇相知那一段——**此時的秋瑾，被深鎖在封建婚姻的牢籠中，沒有知冷知熱的另一半**，也沒有可以互說心事的好友，這樣的生活對她來說，是何等煎熬。她想起未出閣前那些瀟灑的時光、與親人相聚的溫馨，還有飲酒作詩的豪邁，而今，自己卻在封建舊式婚姻的桎梏中鬱鬱寡歡。之於秋瑾，對丈夫的失望是最真切的；雖然她此前從未感受過真摯的愛情，但作為一個二十出頭的妙齡少女，她又何嘗不渴望有個志同道合的伴侶，不渴望享受被愛的幸福呢？然而，命運終究是個無情的推手，將她推到無路可退。

第三句「成連奮逸響」語出典故：傳說伯牙拜成連為師，學習琴技，後者在春秋時期可算得上是琴藝超群。可惜伯牙學習了三年後，成連依舊覺得他彈出的琴聲不能令人滿意。在他看來，伯牙雖然刻苦學琴，技藝也不差，情感上卻有所欠缺，終不能達到精妙之境界；於是，他決定帶伯牙到東海陶冶情感。兩人坐船抵達蓬萊山後，成連將伯牙獨自留在山上撫琴。

一開始，伯牙的琴技仍然毫無精進，後來他收琴起身，一心觀賞蓬萊的仙境美景。很快的，他就被這裡的清幽寧靜、迷離旖旎所吸引，只聽海浪聲陣陣，似近尤遠，讓他的心時而澎湃，時而平靜；當海浪回歸寧靜，他的心也跟著塵埃落定……漸漸的，伯牙感到心胸開闊、感情起伏，便情不自禁的撫起琴來，合著這大自然的節拍，彈奏出雄渾奔放的曲調。後來，他對前來接他的成連說：「老師，我終於知道你帶我來此的用意了，你是想讓大自然這位老師幫我移情啊！」此後，在成連的指導下，伯牙的琴藝突飛猛進，作出〈水仙操〉等名曲，備受世人喜愛，流傳於世。

「中散」代指三國的魏文學家、思想家、音樂家嵇康，他因與魏宗室通婚，拜為中散大夫，人稱嵇中散。嵇康的琴技亦十分了得，大都是吟詠嘆惋世事的衰退沒落。在「成連奮逸響，中散嘆銷沉」這兩句中，秋瑾骨子裡的奔放又上來了——她多麼希望能像成連那樣，彈奏出豪邁奔放的曲調，亦能像嵇康一樣，彈出對世事沒落的哀嘆。對她而言，生活的不從人願令她猶如困獸，她亟待高歌一曲，讓情感有的放矢的宣洩一次。

在與古人隔空暢想那麼多之後，秋瑾猛然間又跌落回塵埃之上。在這個趨炎附勢的社會，她哪裡有伯牙那樣的好運，又要到哪去找一個肯賞識自己的人呢？想她對國家和民族一片赤膽忠心，如今卻只是一個閨中怨婦，不禁洩了氣。在她看來，如果沒有像鍾子期那樣一個知己，自己赤忱的愛國心豈不是要被辜負了？可嘆，看看這個昏庸俗世，誰不是在為私利而奔走呢？人與人之間，總是隔著一層可悲的膜，要找到那樣一個知音，怕是難於上青天。

從詩的字裡行間，我們不難看出，此時的秋瑾深深的為家國命運憂心著。她吟古思今，寫出了舊社會的黑暗現實，借以抒發對黑暗社會的憎恨。她不同於一般的弱女子，因對命運無力反抗，便咬著牙過日子。以她的豪爽與熱烈，她終究會衝出這個婚姻的樊籠（按：鳥籠，比喻束縛不得自由），飛向屬於她的高空；而她的現在，唯有等待——等待一個知音，等待一個契機。一九〇三年，秋瑾離婚，隔年赴日，並投入革命。

2. 抗日烈士郁達夫，抗不住王映霞的離婚啟事

《寄王映霞》——郁達夫

大堤楊柳記依依，此去離多會自稀；
秋雨茂陵人獨宿，凱風棘野雉雙飛。
縱無七子為衷社，尚有三春各戀暉；
愁聽燈前兒輩語，阿娘真個幾時歸。

郁達夫出生於浙江富陽滿洲弄（今達夫弄）的一個普通家庭，三歲喪父，家境貧寒。他上頭有兩個哥哥，大哥幹農活，二哥打工，他則七歲進私塾，九歲能賦詩；從十五歲起，他就開始創作舊體詩，並投稿給各大報刊，到了二十五歲時，已在新文學運動中占有重要地位（日本作家大江健三郎推崇郁達夫是「現代主義文學的先驅」，

《沉淪》是最有名作品）。從此，他以筆代矛，針砭時弊，在歷史上留下了光輝的一筆。其散文瀟灑恣肆，縱情宣洩，帶著強烈的個性，敢於在文章中大膽解剖，並對舊社會提出控訴，發出時代最真實的聲音，篇篇蕩氣回腸、熱情坦率，將一個富有才情的知識分子在動盪社會裡的苦悶心情和盤托出，引起廣大愛國主義者的共鳴。

對於郁達夫，胡愈之先生曾這樣評價他：「在中國文學史上，將永遠銘刻著郁達夫的名字；在中國人民反法西斯戰爭的紀念碑上，也將永遠銘刻著郁達夫烈士的名字。」然而，光朝振野（按：在全國很有名）的郁達夫亦是一個多情種子。他的感情生涯，用他自己的詩句來概括，就是**「生怕情多累美人」**。**他一生結了三次婚**，共生育十一個孩子，而他和第二任妻子王映霞的愛恨糾纏，一度備受矚目，成為時人津津樂道的話題。

▲ 年輕時的王映霞。

認識王映霞的時候，郁達夫已經是有妻室的人了。與同時代的留洋學生一樣，郁達夫也未能逃脫包辦婚姻（按：指並非由結婚者來決定對象的婚姻）的命運。在他隨兄長東渡日本求學之前，家裡就為他訂下了一門親事，對方名叫孫蘭坡，後來郁達夫將之改名孫荃。郁達夫原本看不上這個長相普通的女子，可是後來他發現，孫荃雖出身封建家庭，卻自幼熟讀《女四書》和《烈女傳》，能吟詩作文，她甚至作《戒纏足文》，在當時掀起了不小的風潮，才華令郁達夫十分欣賞。

郁達夫留學日本期間，兩人就鴻雁傳書、詩詞唱和，留下了一段詩壇佳話。不過兩地分居的生活，仍讓他們飽受相思之苦。一九一八年，孫荃在信中寫了兩首詩給郁達夫：「獨在異鄉為異客，風霜牢落有誰親。縱然欲試心中事，**其奈陽關少故人**。」、「年光九十去難留，憐爾楊花逐水流。海上仙槎（按：音同茶，仙槎為神話中能來往於海上和天河之間的竹木筏）消息斷，雪花滿眼不勝愁。」郁達夫則以：「諳盡天涯飄泊趣，寒燈永夜獨相親。看來要在他鄉老，落落中原幾故人。」、「何堪歲晏更羈留，塞上河冰水不流。**一曲陽關多少恨**，梅花館閣動清愁。」作回應，你來我往的深情溢出筆尖，夫妻兩地的離愁別緒難以訴盡。一九二〇年七月二十六日，郁達夫回富陽與孫荃完婚。婚後，郁達夫一直為生計奔波，時常陷入苦悶中，孫荃則先後為他生下一子兩女。

一九二七年，當郁達夫在上海遇到了王映霞，他和孫荃的婚姻便走到了盡頭——王映霞的風華絕代，的確讓很多同時代的男子為之傾倒。

王映霞出身名門，在金風玉露中成長。江南的迷離煙雨，將她的美麗浸染得似仙似幻，她就像那高高在上的金鳳凰，令無數「英雄」競折腰。郁達夫自從第一次在上海朋友家中見過王映霞，便**被這位「杭州第一美女」迷得神魂顛倒**、茶飯不思。從那以後，他每天都要找各種理由上門找她，並且給她寫信，滿紙衷腸訴不盡。而在王映霞心裡，郁達夫自然不是績優股，縱使她欽慕他的才情，但他本人卻不是能夠吸引她的類型：首先，他長得太一般，與他橫溢的才華相比，簡直差太多了；其次，也是最令王映霞介懷的一點，就是**這個整天跑來向自己示愛的男子，已是有婦之夫**，像她這樣的大眾情人，自然不甘願做小的。

她的態度，郁達夫怎會不懂，但他可是卯足了勁要將她追到手，因為在他看來，只有他這樣的才子，才與她最為匹配。於是，他依然將成捆的書信砸向她，這是他最擅長的，也是大多數女子難以招架的。王映霞很快動搖了，但只要想到他是個有妻室的人，又難免洩氣……不過她深諳「當斷不斷，反受其亂」的道理，決定早早逃離這段感情，於是很直接的拒絕了他，並準備回杭州去，接受父母的安排，風風光光做人原配，過上錦衣玉食的生活。

王映霞的決定讓郁達夫慌了神，他立刻奮筆疾書，寫了一封長信給她，並跟隨她來到杭州；然而，就是這樣一封信，竟使兩人的感情有了逆轉。郁達夫在信中言詞懇切的說：「妳是甘願做一個舊式家庭的奴隸，還是情願做一個自由的女王？妳的生活完全可

▲ 王映霞與郁達夫結婚時，轟動全城。

以獨立，妳的自由，完全不應該這樣輕易放棄。」看來他已澈底了解她了。於她而言，放棄自由和獨立，都等同於忍痛割愛，既然郁達夫願意讓她做一個「自由的女王」，她又何必矯情呢？這不正合她的心意嗎？於是，她毅然下嫁於他，儘管當時的他與原配孫荃尚未離婚。

可惜，他並沒有把她變為神話，所謂的讓她做「自由的女王」的誓言，也早已隨風消散。婚後，**他雖然讓她衣食無憂，卻獨獨沒有給她尊嚴與自由**。王映霞一向喜歡交際，這在郁達夫眼裡，卻是最不能容忍的；他顯然把她當作私人財產，不許別的男人覬覦，更不許她拋頭露面。而她，又何嘗不委屈呢？她為他生了三個兒子，總是操碎了心，就連偶爾出去放鬆的自由，都被他禁錮得死死的。反觀他自己呢？總是喜歡在外面縱情豪飲，不醉不歸，百事不管。這樣的婚姻，讓王映霞身心俱疲，可一想到可憐的孩子們，她又不得不強打精神，生活要繼續才行。

然而，日子總有過不下去的時候。美麗如她，**即使已經嫁作他人婦，也還是有人寄情書給她**。有一天，郁達夫在屋角發現了別人寫給她的三封情書，頓時火冒三丈。

盛怒之下，他在她晾晒的衣服上用濃墨寫上「下堂妾王氏改嫁前之遺留品」，夫妻兩人的關係，就此進入僵局。此後，他餘怒未消，竟發表《毀家詩紀》自曝家醜；忍無可忍的王映霞也單方面的刊登「離婚啟事」：「兒子三人，統歸郁君教養。」然後孤身離開了家。可嘆，這段曾經轟動一時的婚姻，在維持了十二年後土崩瓦解，空留一地的碎片。

王映霞離開新加坡（按：郁達夫於一九三八年抵達新加坡，兩人最後是在新加坡撕破臉的）後，從香港去了重慶，與時任中華航業局經理鍾賢道結婚，後於二〇〇〇年在杭州去世。她在晚年時期寫了不少東西，多以她與郁達夫的經歷為主題。她有一次前去臺灣，不但見了老友陳立夫，也談論了當年與郁達夫的事情。可以說，這個郁達夫最愛的女人，不管是愛還是恨，其實一生也不曾忘記他。

而王映霞走後，郁達夫立刻陷入了無邊的絕望與痛苦中，畢竟那是他真心愛過、瘋狂追求到的女人。結婚後的頭幾年，他們也有過一段不羨鴛鴦不羨仙的歲月：他為她打造「風雨茅廬」，她為他洗手做羹湯，即使他沒有處理好與原配孫荃的關係，她也沒有太多苛責之語。對這一切，他感到心滿意足，故以「日記九種」的形式，把他對她的愛，付諸筆墨，發表在報刊上——他只想讓世人知道，他們最初的決定是正確的，他們的愛情歷久彌堅。

即使是在婚姻搖搖欲墜的時候，郁達夫也從來沒有動搖過對王映霞的愛；正所謂愛之越深、恨之越切，他那些傷害她的舉動，在他看來，都是因為愛得太深，進而害怕失去。如今伊人遠去，留他一人獨自咀嚼思念，於是他忍不住寫信給她，以一曲「大堤楊柳記依依，此去離多會自稀；**秋雨茂陵人獨宿**，凱風棘野雉雙飛。縱無七子為衷社，尚有三春各戀暉；愁聽燈前兒輩語，**阿娘真個幾時歸**」，道盡他對往事的眷戀，以及對她的無比懷念。他甚至搬出年幼的兒子，想以母子之情打動王映霞，希冀她能回到自己身邊，不過這一次，她是真的被他傷透了心，決計不再回頭。

一九四二年二月，日軍轟炸新加坡，郁達夫等人逃難至蘇門答臘，並在此定居下來。後來，他經人介紹認識了小他二十多歲的廣東女子何麗有，並與之結婚，兩人婚後生育了一子一女，感情也還不錯。

然而，在一九四五年日軍投降前夕，郁達夫卻在蘇門答臘被日本兵暗殺，因為他曾被迫為他們翻譯機密文件。就這樣，一代才子為民族的解放流盡了最後一滴血，而他與三個女人的愛恨情仇，倒讓他婚前那一句「我且留此一粒苦種，聊作他年的回憶」成了讖言。

3. 郭衡九還十年相挽，呂小薇獨對雕盒寒灰

《陌上花》——呂小薇（寫於一九八三年春暮，京行方南歸，獨對小庭花樹，虛室寒灰，思故人生死之隔，愴然感賦）

孤鴻燕北歸來，歸也又驚春晚。迎柬誰裁？陌上空歌緩緩。篆香一炷試招魂，奈化青煙飛散。待吟箋焚與，萬千心事，不成都幻？換韶光，繞砌花籬草，舞碧飛紅參半。如此黃昏，怎得更勻寒暖！**最傷懵懂床前別，還道十年相挽**。到而今，剩對雕盒寒灰，伴余淒惋。

北宋詞人賀鑄曾在他的《鷓鴣天．半死桐》中寫道：「梧桐半死清霜後，頭白鴛鴦失伴飛。」老年失伴，最是人間悲痛之事。呂小薇的這一首《陌上花》，抒發的亦是同一種悲情。

比翼連枝，卻不能白頭偕老，終是人生一大憾事。呂小薇與亡夫郭衡九畢業於無錫國專（國學專科學校），**都算得上是出類拔萃的古漢語專家**，兩人在琴棋書畫方面亦是無所不精。在他們幾十年的相伴歲月中，始終夫唱婦隨、琴瑟和鳴，羡煞旁人。只可恨世事乖舛、天命無常，衡九先生的早逝，讓一對恩愛夫妻撒手永訣。據郭衡九後人回憶，呂小薇與郭衡九一生為人低調，追求簡單平淡，牆上所掛墨寶，題著「人淡如菊」的字樣，這也正是夫妻兩人的真性情，真可謂落花無言，人淡如菊。

時間倏忽，彈指一年，《陌上花》這首詞作正是寫於郭衡九先生逝世一年後。愛侶既已逝，呂小薇處孤室而悽愴，難免追憶往昔，慨嘆時運變遷；其為文通篇動情至深，用恍惚迷離的文字和色彩抒發出來，令人讀之心痛。

「孤鴻燕北歸來，歸也又驚春晚。迎柬誰裁？陌上空歌緩緩。」她從北國風塵僕僕而歸，身畔再無那人，「孤鴻」之語一出，淒涼之感尤生。曾幾何時，她與他的相伴而行，已變作形單影隻。失去伴侶的鴻雁，空有飛翔之技，卻害怕孤單的遠行，恐懼寂寞的回歸。呂小薇最敬仰的宋代詞人蘇軾曾在其詞作中寫道：「缺月掛疏桐，漏斷人初靜。誰見幽人獨往來？縹緲孤鴻影。」先人詞中的寥落之意，與她今日的際遇與心境竟如此契合。如今，她這一隻孤鴻，怕是將作恆久的「獨往來」了。事實上，一個人的遠行，並非完全無望，而無人等待才是最令人絕望的；那個有愛的家，因他的退場，早已空曠得可怕。

至於「陌上空歌緩緩」一句，當是化用吳越王錢鏐（按：音同流）的詩句。相傳錢鏐的愛妃戴氏是一位至孝的女子，每年春天必回娘家臨安郎碧省親。這一年，眼見暮春已至，陌上花開，戴氏卻仍未歸來，錢鏐禁不住對愛妃的思念，立即提筆修書一封：「**陌上花開，可緩緩歸矣**。」令人感覺催歸之餘，又體貼備至。此後，這句成了流傳千古的溫情愛語，飽含訴不盡的相思與蜜意；而今，在呂小薇的筆下，它卻成了幽深的落寞，令人無盡感喟。

「篆香一炷試招魂，奈化青煙飛散。待吟箋焚與，萬千心事，不成都幻？」那是有著怎樣的思念，才會讓這樣一位受了高等教育的女詞人，做出「招魂」之舉？偏偏自古悼亡最磨人，生離總比死別苦，死別卻比生離痛；對於生者來說，那樣的痛，往往在餘生裡不斷撕扯，永難結痂。當回到這個了無人氣的家，她多麼希望能有須臾，可以與他再相見。只可惜天人永隔的故事，永遠是無盡的悲情延續——那一炷被寄予「厚望」的篆香，終究幻化成無情的青煙，去向無蹤。清代詞人納蘭性德也曾在其《虞美人》中寫道：「夕陽何事近黃昏，不道人間猶有未招魂。」他是如此恐慌黃昏的早早到來，因為他的魂魄尚未被招走，他那與亡妻相聚的希望，又將破滅。由此可見，從古至今，縱是才思橫溢的文人墨客，亦不能掙脫「情深」二字。

罷了吧，還是將那滿紙的思念，也一併焚燒吧。呂小薇欲予愛人的千言萬語、滿腹衷腸，亦全部化煙而去，就當那縷縷青煙，實是憐她心事，去向他的所在，捎去無言的傾訴。

「換韶光，繞砌花籬草，舞碧飛紅參半。如此黃昏，怎得更勻寒暖！」韶光暗轉，春日依然美好到難以抵擋；籬落間，花紅草綠，自是人間勝景。然而，這嬌豔與蓊鬱，已然失去意義，有人無福消受，有人無心品賞。這暮春晚景，在她的冷寂心間，終是乍暖還寒。前兩句的明媚動人，實為後兩句張本（按：為做伏筆而預先說的話或寫的文章）。「如此黃昏，怎得更勻寒暖」，疑是**化用了李清照《聲聲慢》**中的名句，於不動聲色間，讓人震顫與愴然。命運有時似有天意，如同李清照與趙明誠一般，呂小薇與愛人郭衡九的恩愛歲月終遭天妒。

猶記得，呂小薇在《金縷曲》中寫：「昨夜山靈語，道姑蘇天平幽勝，待小薇去。曉起馳輪三百里，驚破空山煙霧，便謝卻人間塵土。」彼時，她與他正值韶華，熱戀、約會、甜蜜。在那樣的年代，其前三句的意境，已勝過千般甜言與蜜語，羅曼蒂克非一般。而這一場遊歷姑蘇天平山的邀約，讓兩個才華出眾的人兒柔情萬千、豪情萬丈。或許，特定時代的愛情，越是坦蕩率真，越是含蓄內蘊，也越是比那些電光石火般的愛情更值得體會與品賞。是啊，從民國到新中國成立，他們共同見證了民族的振興和蛻變，共同經歷了那麼多的美好歲月，她又怎能坦然面對他的撒手人寰呢？唯有空悲切。

「最傷懵懂床前別，還道十年相挽。到而今，剩對雕盒寒灰，伴餘淒惋。」此末兩段最動人心魄，令人泣下。呂小薇想起郭衡九將亡的前夜，在醫院，他忍著病體疼痛，握著她的手道：「不用擔心，病定會好的，再伴妳十年應是沒問題。」他肯定知道自己終將難以捱過此夜漫長，卻不捨與她道別，反倒忍悲相慰。今生，他與她的情緣，縱是沒有轟轟烈烈的風花雪月之橋段，卻之死靡他（按：意志堅定，至死不變），哀感天地。如今，她孤身自京歸來，室中他的骨灰盒愴然入目，又怎能不叫她睹物思人，悲不自勝？雙鳧一雁（按：鳧音同扶，原句是「雙鳧俱北飛，一雁獨南翔」，後以「雙鳧一雁」為感傷離別之詞），念茲在茲，別樣淒涼。

4. 徐志摩最後一次結婚，陸小曼未能同葬

《翡冷翠的一夜》——徐志摩

妳是我的先生，我愛，我的恩人，
妳教給我什麼是生命，什麼是愛，
妳驚醒我的昏迷，償還我的天真。
沒有妳我哪知道天是高，草是青？

與陸小曼相愛的日子，徐志摩詩情大發，最為多產。不管是從這首《翡冷翠的一夜》，還是《春的投生》、《一塊晦色的路碑》、《雪花的快樂》中，都可以看出他因她也無賴、稚氣了一回。千帆過盡，想必他也歡欣於尋得那個「我將在茫茫人海中

尋訪我唯一之靈魂伴侶。得之，我幸；不得，我命」的人。他甚至對她說：「我的詩魂的滋養全得靠妳，妳得抱著我的詩魂像母親抱孩子似的，他冷了妳得給他穿，他餓了妳得餵他食——有妳的愛他就不愁餓、不怕凍，有妳的愛他就有命！」於是乎，**她催生了他的靈感，她是他所有創作的源泉**。

徐志摩短暫生命中的三個女人，在百年後依然為世人津津樂道。

人們說他辜負了原配張幼儀，因為不管在時人還是後世眼裡，這個女人一點兒也不差。是啊，出身名門的張幼儀，不同於當時那些遵從父母媒妁之言、大門不出二門不邁的閨房小姐，人家不但性情溫婉、長相端莊，還受過新式教育，為人知書達理呢！可是在徐志摩眼裡，這格調依然不夠，甚至一味嫌棄對方是「鄉下土包子」。不過嫌棄歸嫌棄，他還是滿足了父母抱孫子的願望，只是在張幼儀生下

▲ 女強人張幼儀。

幼子後，向她遞出了離婚協議書。

離婚後的張幼儀很快就走出陰影，先是遠赴德國學習德語，再進入裴斯泰洛齊（Pestalozzi，按：瑞士教育家和教育改革家）學院攻讀幼兒教育，回國後任東吳大學的德語老師，又任上海女子商業銀行副總裁，甚至在上海靜安寺路開了一家雲裳服裝公司。這個從封建舊式婚姻裡走出來的女人，變得更加新派獨立，活得風生水起，只是此時徐志摩早已作古，**她卻以義女的身分繼續侍奉他的父母頤養天年**。有人說這是愛情的力量吧，女強人張幼儀卻說：「因為我為他做了這麼多事情，所以你們認定我是愛他的。可是這個問題連我自己也說不清楚，畢竟這一生從沒對什麼人說過『我愛你』。」從這裡我們也許可以看出徐志摩不愛髮妻的些許端倪——因為這是個不善風情的女人啊。

關於徐志摩的另外兩個女人，人們製造了更多話題。其中最具爭議的是：徐志摩究竟更愛誰？大多數的人說，徐志摩當然最愛林徽因，畢竟他是為了她，才和張幼儀離婚；也因為林徽因最終選擇了梁思成，他才會投入陸小曼的懷抱。而真相究竟如何？已隨斯人作古。不過透過他與兩位佳人的過往細節，我們可以看出他對待每一份感情，其實都是用了心的。

在倫敦大學初識林徽因，他便很快愛上**這個符合他心中所有想像的女孩子**：美麗、善良、單純、浪漫、才情並茂。此時，二十四歲的他已是兩個孩子的父親，而林徽因這個**「中國第一才女」年僅十六歲**。面對徐志摩的瘋狂追求，這位詩才少女也動了心，然而好景不常，隨著父親林長民遊歐結束，林徽因不得不隨父親歸國，而且是不告而別。徐志摩等到離婚回國後，才發現林徽因已到美國學建築學，並與梁思成訂了婚。徐志摩的內心肯定是悲涼的，他好不容易愛上一個人，甚至不惜頂著世俗眼光和家庭壓力為她離了

▲ 林徽因。

婚，最後他的一往情深和滿心期待，卻成了鏡花水月。儘管此後多年，他和她依然有著似有似無的感情糾葛，但她最終並未成為他夢想中的「靈魂伴侶」。

世人都說徐志摩愛上有夫之婦陸小曼，只是因為失意；可是我們讀他後來的《愛眉小札》，又不得不承認，雖然陸小曼與林徽因風格迥異，但這個同樣閃閃發光的女人，不是也符合徐志摩心中的「女神」形象嗎？

常州女子陸小曼，也許並非後世所盛傳的交際花。出身名門的她天資聰慧、勤奮好學、過目不忘，而且興趣廣泛，天文、地理、科學、戲曲無所不通，更是精通英、法、德三國語言。再加上她美貌出眾、生性灑脫，**在北京念大學時被稱為「皇后」**，這樣一個奇特的女

▲ 陸小曼。

子，又怎能不讓江南才子徐志摩心動呢？

據說兩人相識於一場舞會。當時陸小曼的丈夫王賡（按：音同耕），正是徐志摩的同學，因著這層關係，王賡自然是把嬌妻引薦給了徐志摩，後者遂與陸小曼一見如故，相談甚歡。此後，徐志摩更是經常出入王賡家，與陸小曼情投意合；再後來，就是女方為了他離婚等橋段。

▲ 少女時代的陸小曼。

總之，在一九二五年底，陸小曼終於和王賡離婚，轉身投入情人徐志摩的懷抱。墜入愛河的兩人不顧徐志摩家人的阻撓，並衝破來自世俗的偏見，勇敢的結合。**兩人婚禮的證婚人是梁啟超，他當時的證婚詞**可算得上「別具一格」——他說：「徐志摩，你這個人性情浮躁，以至於學無所成；**做學問不成，做人更是失敗**，你離婚再娶就是用情不專的證明。陸小曼，妳和徐志摩都是過來人，我希望從今以後妳能恪遵婦道，檢討自己的個性和行為，離婚再婚都是你們性格的過失所造成的，希望你們不要一誤再誤，自誤誤人……希望這是你們兩個人這一輩子最後一次結婚。這就是我對你們的祝賀。」梁啟超這番聲色俱厲裡，包含著苦口婆心的成分。無論他是公然替這對新人敲響警鐘，還是暗中宣洩對**徐志摩糾纏他兒媳婦林徽因**多年的憤懣，總之，他終歸是對這場婚姻流露出了不滿與不屑。

新婚後的陸小曼隨徐志摩離開北京，回到徐志摩的家鄉浙江海寧硤石鎮，兩人在此度過了一段神仙眷侶般的生活。當然，柴米油鹽醬醋茶的生活並不全然美好，兩人性格上的差異以及徐家人對陸小曼的不待見，使得這對夫妻經常為小事爭吵不休。而陸小曼也是個骨子裡追求新異的女子，和徐志摩在一起久了，難免就失去了最初的激情，越發變得嬌慵、貪玩。例如她每天睡到午後才起床，接著洗完澡、吃完飯後，要麼作畫、寫信，要麼會客，晚上則多半跳舞、打牌、聽戲。

徐志摩憐愛嬌妻，便一味縱容著她；但陸小曼的這番行為，自然引起了徐申如

（徐志摩之父）的極度不滿，進而宣布中斷對他們的經濟供給。為此，徐志摩只好當拚命三郎，同時在光華大學、東吳大學、大夏大學三所學校任教，工作完畢空閒時，就趕寫詩文賺取稿費，以滿足妻子的各種應酬需要。反觀陸小曼倒是無所收斂，依然我行我素，在舞場、宴會、煙榻上流連。

一九三〇年秋天，徐志摩索性辭去了教師職務，接受胡適的邀請，轉任北京大學和北京女子師範大學的教授。北上之前，他極力要求陸小曼隨他一起，卻遭到陸小曼拒絕，最後只好隻身赴北平，夫妻兩人開始了分居兩地的生活。

一九三一年十一月十七日，徐志摩風塵僕僕的從北京回到上海，想給妻子一個意外的驚喜，卻看到妻子正慵懶的躺在煙榻上吸食鴉片。兩人不可避免的大吵一架，徐志摩又一次勸陸小曼別再抽大煙（即鴉片）了，要她隨自己回北平去。陸小曼被惹怒了，順手將煙槍扔過去，砸碎了徐志摩的眼鏡，徐志摩當即拎起箱子就走——就是這場爭吵，讓陸小曼在經年後依然悔恨不已。

兩天後，也就是十一月十九日，徐志摩從南京大明宮機場起飛趕往北京，欲參加林徽因二十日下午在協和小禮堂的一場建築學報告。飛機於當日上午十點鐘抵達鄭州時，徐志摩給陸小曼寫了一封信，稱頭痛不想前往，而最後不知何故，他還是忍著身體的不適飛往北平。下午兩點鐘左右，飛機失事墜毀，機上人員無一倖免。徐志摩時年三十六歲；據說他罹難後，人們在殘骸中找到他的遺物，竟是陸小曼的一幅山水畫長卷。由此可見，不管經歷了再多紛爭，抑或面對再多流言蜚語，他始終深愛著她。

徐志摩去世後，陸小曼徹頭徹尾變了一個人——她不僅脫掉華裳，餘生以素服行世，**也不再出去交際**，每天都要對著徐志摩的遺像為他獻花；此外，她甚至戒鴉片並作畫，只為成為徐志摩生前曾希望她成為的樣子。

一九六五年四月三日，六十二歲的陸小曼終於走到了生命盡頭。在經歷了榮華

▲ 陸小曼與徐志摩。

富貴、生離死別，且受盡幾多非議和謾罵之後，她已生無可戀。臨終前，她囑咐堂侄女陸宗麟，把梁啟超為徐志摩寫的一副長聯，以及她自己的那幅山水畫長卷，交給徐志摩的表妹夫陳從周先生，另外再把《徐志摩全集》紙稿交給徐志摩的堂嫂保管。做完這些事，一代名媛便香消玉殞。

陸小曼最終也未能實現和徐志摩葬在一起的願望，她的靈前，唯有好友王亦令題的一副挽聯：「推心唯赤誠，人世常留遺惠在；出筆多高致，一生半累煙雲中。」

選集二　徐志摩情書

只要我有我能給，妳要什麼有什麼

小曼：

這實在是太慘了，怎叫我愛妳得不難受？假如妳這番深沉的冤屈，有人寫成了小說故事，一定可使千百個同情的讀者滴淚。何況今天我處在這最尷尬、最難堪的地位，怎禁得不咬牙切齒的恨、肝腸迸裂的痛心呢？真的太慘了，我的乖，妳前生做的是什麼孽，今生要妳來受這樣慘酷的報應？無端折斷一枝花，尚且是殘忍的行為，何況這生生的糟蹋一個最美、最純潔、最可愛的靈魂？真是太難了，妳的四圍全是銅牆鐵壁，妳便有翅膀也難飛，咳，眼看著一隻潔白美麗的稚羊，讓那滿面橫肉的屠夫擎

著利刀，向著她刀刀見血的蹂躪謀殺——旁邊站著不少的看客。那羊主人也許在內，不但不動憐惜，反而稱讚屠夫的手段，好像他們都掛著饞涎，想分嘗美味的羊羔哪！咳！這簡直的不能想。實有的與想像的悲慘故事，我也聞見過不少。但我愛，妳現在所身受的卻是誰都不曾想到過，更有誰有膽量來寫？

我勸妳早些看哈代那本 *Jude the Obscure*（《無名的裘德》）吧。那書裡的女子 Sue（淑），妳一定很同情她，哈代（按：Thomas Hardy，英國作家）寫的結果叫人不忍卒讀，但妳得明白作者的意思。將來有機會，我對妳細講。（按：《無名的裘德》主角裘德．福雷是個出身貧寒的年輕男子，夢想是成為一名學者，淑則是其表親，兩人始終奮力追求自己理想的愛情，卻因為顧及他人眼光和自己的身分未果。）

咳！我真不知道妳申冤的日子在哪一天！實在是沒有一個人能明白妳，不明白也算了，一班人還來絕對的冤妳。**啊呸！狗屁的禮教**、狗屁的家庭、狗屁的社會，去你們的。青天裡白白的（按：沒有效果的）出太陽；**這群人血管的水全是冰涼的！**我現在可以放懷的對妳說：我腔子裡一天還有熱血，妳就一天有我的同情與幫助；我大膽的承受妳的愛，珍重妳的愛，永保妳的愛。我如其憑愛的恩惠，還能從我性靈裡放射出一絲一縷的光亮；這光亮全是妳的，妳盡量用吧！假如妳能在我的人格思想裡發現些許的滋養與溫暖，這也全是妳的，妳盡量使吧！最初我聽見人家誣衊妳的時候，我就熱烈的對他們宣言——我說你們聽著，先前我不認識她，我沒有權利替她說話，現在我認識了她，我絕對的替她辯護。我敢說如其女人的心曾經有過純潔的，她的就是一個。Her heart is as pure and unsoiled as any women's heart can be; and her soul as noble.（她的心一如其他女人可有的那樣純潔、純淨；而她的靈魂是高貴的。）現在更進一層了，妳聽著這分別——先前我自己彷彿站得高些，我的眼是往下望的。那時我憐妳、惜妳、疼妳的感情，是斜著下來到妳身上的；漸漸的我覺得我的看法不對，我不應得（應該）站得比妳高些，**我只能平看著妳。我站在妳的正對面**，我的淚絲的光芒與妳的淚絲的光芒針對的交換著，妳的靈性漸漸的化入了我的，我也與妳一樣的覺悟了，一個新來的影響在我的人格中四布的貫徹——**現在我連平視都不敢了**。

我從妳的苦惱與悲慘的情感裡，憬悟（覺悟）了妳高潔的靈魂的真際（按：佛教用語，指現象的本質）。這是上帝神光的反映，我自己不由得低降了下去。現在我只能仰著頭獻給妳我有限的真情與真愛，聲明我的驚訝與讚美。不錯，勇敢，膽量，怕什麼？前途當然是有光亮的，沒有也得叫它有。一個靈魂有時可以到最黑暗的地獄裡去遊行，但一點神靈的光亮卻永遠在靈魂本身的中心點著——況且妳不是確信妳已經找著了妳的真歸宿、真想望，實現了妳的夢？來讓這偉大的靈魂的結合毀滅一切阻礙，創造一切的價值，往前走吧，再也不必遲疑！

妳要告訴我什麼，盡量的告訴我。像一條河流似的，盡量把他的積聚交給無邊的大海。像一朵高爽的葵花（向日葵），對著和暖的陽光一瓣瓣的展露她的祕密。妳要我的安慰，妳當然有我的安慰，只要我有我能給，妳要什麼有什麼。我只要妳做到妳自己說的一句話——「Fight on」（繼續戰鬥）——即使運命叫妳在得到最後勝利之前，碰著了不可躲避的死，我的愛，那時妳就（接受）死（亡吧）。因為死就是成功，就是勝利。一切有我在，一切有愛在。同時妳努力的方向得自己認清，再不容絲毫的含糊，讓步犧牲是有的，但什麼事都有個限度，有個止境。**妳這樣一朵稀有的**

奇葩，絕不是為一對庸俗的父母、為一個庸懦兼殘忍的丈夫犧牲來的。妳對上帝負有責任，妳對自己負有責任，尤其**妳對妳新發現的愛負有責任**。妳以往的犧牲已經足夠了，妳再不能輕易糟蹋一分半分的黃金光陰。人間的關係是相對的，盡職也有個道理。靈魂是要救度（按：使脫離痛苦的環境）的，肉體也不能永久讓人家侮辱蹂躪；因為就是肉體也含有靈性。

總之一句話：時候已經到了，妳得 assert your own personality（維護妳的人格）。妳的心腸太軟，這是妳一輩子吃虧的原因。但以後可不能再過分的含糊了，因為靈與肉實在是不能絕對分家的，要不然 Nora（娜拉）何必一定得拋棄她的家，永別她的兒女，重新投入渺茫的世界裡去？她為的就是她自己的人格與性靈的尊嚴。侮辱與蹂躪是不應得容許的。（按：娜拉是挪威劇作《玩偶之家》〔*Et dukkehjem*〕的女主角，為十九世紀的模範妻子，但最後體認到丈夫只把自己視作私有財產，而離開了家庭。）且不忙，慢慢的來，不必悲觀，不必厭世，只要妳抱定主意往前走，絕不會走過頭，前面有人等著妳。

以後的信妳得好好的收藏起來，將來或許有用——在妳申冤出氣時的將來，但暫時絕不可洩漏，切切（按：告誡、叮嚀的語辭）！

摩　一九二五年三月三日

聰明的小曼，千萬爭這口氣

小龍（按：陸小曼的別名，另一個別名是「小眉」）：

妳知道我這次想出去也不是十二分心願的，假定老翁的信早六個星期來時，我一定絕無顧戀的想法（按：謀求解決的辦法）走了完事；但我的胸坎間不幸也有一個心，這個脆弱的心又不幸容易受傷，這回的傷不瞞妳說又是受定的了，所以我即使走也不免咬一咬牙齒忍著些心痛的。這還是關於我自己的話；妳一方面我委實有些不放心，不是別的，單怕妳有限的勇氣敵不過環境的壓迫力，結果妳竟多少不免明知故犯，該走一百里路也只能走滿三、四十里，這是可慮的。

龍呀，妳不知道我怎樣深刻的期望妳勇猛的上進，怎樣的相信妳確有能力發展潛在的天賦，怎樣的私下禱祝有那一天，叫這淺薄的惡俗的勢利的「一般人」開著眼驚

訝，閉著眼慚愧——等到那一天實現時，那不僅是妳的勝利，也是我的榮耀哩！聰明的小曼，千萬（要）爭這口氣才是！我常在身旁，自然多少於妳有些幫助，但暫時分別也有絕大的好處。我人去了，我的思想還是在著，只要妳能容受我的思想。我這回去是補足我自己的教育，我一定加倍的努力吸收可能的滋養；我可以答應妳，我絕不枉費我的光陰與金錢。同時我當然也期望妳加倍的勤奮，認清應走的方向，做一番認真的工夫試試。我們總要隔了半年再見時，彼此無愧才好。妳的情形固然不同，但妳如其真有深徹的覺悟時，妳的生活習慣自然會得（能夠）改變，我（相）信F也能多少幫助妳。

我並不願意做妳的專制皇帝，落後叫妳害怕討厭，但我真想相當的督飭著妳，如其妳過分頑皮時，我是要打的嚇（按：用以表示不滿的嘆詞）！有一件事不知妳能否做到，如能倒是件有益而且有趣的事——**我想要妳寫信給我，不是平常的寫法，我要妳當作日記寫，**不僅記妳的起居等等，並且記妳的思想情感——能寄給我當然最好，就是（假設）不寄也好，留著等我回來時一總看，先生再批分數。妳如其能做到我這點意思，那我就高興而且放心了。同時**我當然有信給妳，不能怎樣的密**（頻繁），因為我在旅行時怕不能多寫，但我答應選我一路感到的一部分真純思想給妳，總叫妳得到了我的消息，至少暫時可以不感覺寂寞，好不好，曼？關於遊歷方面我已經答應做《現代評論》的特約通訊員，大概我人到眼到的事物多少總有報告，使我這裡的朋友都能分沾我經驗的利益。

頂要緊是妳得拉緊妳自己，別讓不健康的引誘搖動妳，別讓消極的意念過分壓迫妳，妳要知道我們一輩子果然能真相知、真了解，我們的犧牲、苦惱與努力，也就不算是枉費的了！

妳占有我的愛、我的靈、我的肉

龍龍：

我的肝腸寸寸的斷了，今晚再不好好的給妳一封信，再不把我的心給妳看，我就不配愛妳，就不配受妳的愛。我的小龍呀，這實在是太難受了。我現在不願別的，只願我伴著妳一同吃苦——妳方才心頭一陣陣的絞痛，我在旁邊只是咬緊牙關閉著眼替妳熬著，龍呀，**讓妳血液裡的討命鬼來找著我吧**，叫我眼看妳這樣（活）生生的受罪，我什麼意念都變了灰了！妳吃現鮮鮮的苦是真的，叫我怨誰去？

離別當然是妳今晚縱酒的大原因，我先前只怪我自己不留意，害妳吃成這樣。但轉想妳的苦，分明不全是酒醉的苦，假如今晚妳不喝酒，我到了相當的時刻，得硬著頭皮對妳說再會，那時妳就會舒服了嗎？再回頭受逼迫的時候，就會比醉酒的病苦強

嗎？咳，妳自己說得對，頂好是醉死了完事，不死也得醉，醉了多少可以自由發洩，不比死悶在心窩裡好嗎？所以我一想到妳橫豎是吃苦，我的心就硬了。**我只恨妳不該留這許多人一起喝**，一人多就糟；**要是單是妳與我對喝，那時要醉就同醉，要死也死在一起**，醉也是一體，死也是一體，**要哭讓眼淚和成一起，要心跳讓妳我的胸膛貼緊在一起**；這不是在極苦裡實現了我們想望的極樂，從醉的大門走進了大解脫的境界，只要我們的魂靈合成了一體，這不就滿足了我們最高的想望？

啊，我的龍，這時候妳睡熟了沒有？妳的呼吸調勻了沒有？妳的靈魂暫時平安了沒有？妳知不知道妳的愛正在含著兩眼熱淚，在這深夜裡和妳說話，想妳，疼妳，安慰妳，愛妳？我好恨呀，這一層的隔膜，真的全是隔膜，這彷彿是妳淹在水裡掙扎著要命，他們卻擲下瓦片石塊來，算是救度妳，我好恨呀！這酒的力量還不夠大，方才我站在旁邊我是完全準備了的，我知道我的龍兒的心坎兒只嚷著：「我冷呀，我要他的熱胸膛偎著我；我痛呀，我要我的他摟著我；我倦呀，我要在他的手臂內得到我最想望的安息與舒服！」——但是實際上只能在旁邊站著看，我稍微的一幫助，就受人干涉，意思說：「不勞費心，這不關你的事，請你早去休息吧，她不用你管。」哼，妳不用我管！我這難受，妳大約也有些覺著（感覺）吧。

方才妳接連了叫著：「我不是醉，只是難受，只是心裡苦。」**妳那話一聲聲像是鋼鐵錐子刺著我的心：**憤、慨、恨、急的各種情緒，就像潮水似的湧上了胸頭。那時我就覺得什麼都不怕，勇氣像天一般的高，只要妳一句話出口，什麼事我都幹！**為妳，我拋棄了一切只是本分；**為妳，我還顧得什麼性命與名譽？——真的，假如妳方才說出了一半句著邊際、著顏色（厲害手段）的話，此刻妳我的命運早已變定了方向都難說哩！

妳多美呀，我醉後的小龍！妳那慘白的顏色與靜定的眉目，使我想像起妳最後解脫時的形容，使我覺著一種逼迫讚美與崇拜的激震，使我覺著一種美滿的和諧——龍，我的至愛，將來妳永訣塵俗的俄頃，不能沒有我在妳的最近的邊旁；**妳最後的呼吸一定得明白報告這世間妳的心是誰的，**妳的愛是誰的，妳的靈魂是誰的！龍呀，妳應當知道我是怎樣的愛妳；妳占有我的愛、我的靈、我的肉、我的「整個兒」，永遠在我愛的身旁旋轉著，永久的纏繞著。真的，龍龍，妳已經激動了我的痴情，我說出來妳不要怕，我有時真想拉妳一同死去，去到絕對死的寂滅（按：斷除貪欲、瞋恨、愚痴和一切煩惱，不再輪迴生死的境界）裡去實現完全的愛，去到普通的黑暗裡去尋求唯一的光明——咳，今晚要是妳有一杯毒藥在近旁，此時妳我竟許早已在極樂世界了。說也怪，我真的不沾戀這形式的生命；我只求一個同伴，有了同伴我就情願欣欣的瞑目。龍龍，妳不是已經答應做我永久的同伴了嗎？我再不能放鬆妳，我的心肝，妳是我的，妳是我這一輩子唯一的成就，妳是我的生命，我的詩；妳完全是我的，一個個細胞都是我的——妳要說半個「不」字，叫天雷打死我完事（了事）！

我在十幾個鐘頭內就走了，丟開妳走了，妳怨我忍心不是？我也自認我這回不得不硬一硬心腸，妳也明白我這回去是我精神的與知識的「撒拿吐瑾」（按：Sanatogen 的音譯，為一種營養藥品），我受益就是妳受益。我此去得加倍的用心，妳在這時期內也得加倍的奮鬥，我信妳的勇氣，這回就是妳試驗、實證妳勇氣的機會。我人雖走，我的心不離開妳；要知道在我與妳的中間有的是無形的精神線，彼此的悲歡喜怒此後是會相通的，妳信不信？我再也不必囑咐，妳已經有了努力的方向，我預知妳一定成功！妳這回衝鋒上去，死了也是成功。有我在這裡，阿龍，放大膽子，上前去吧！彼此不要辜負了，再會！

我不願意替妳規定生活，但我要妳注意韁子一次拉緊了是鬆不得的，妳得咬緊牙齒暫時對一切的遊戲、娛樂、應酬說一聲再會；妳乾脆的得謝絕一切的朋友，妳得澈底的刻苦，妳不能縱容妳的 whims（一時的興致），再不能管閒事，管閒事空惹一身騷，也再不能發脾氣。記住，只要妳耐得住半年，只要妳決意等我，回來時一定使妳滿意歡喜，這都是可能的；天下沒有不可能的事——只要妳有信心、有勇氣，腔子裡有熱血，靈魂裡有真愛。龍呀！我的孤注就押在妳的身上了！

再如失望，我的生機也該滅絕了。

最後一句話：只有S是唯一有益的真朋友。

三月十日早

一有希望，心頭就痛快

方才無數美麗的、雅致的信箋都叫（被）你們搶了去，害我一片紙都找不著，此刻過西北時寫一個字條給丁在君，是撕下一張報紙角來寫的，妳看這多窘；幸虧這位先生是丁老夫子的同事，說來也是熟人，承他作成（幫助成功），翻了滿箱子替我尋出這幾張紙來，要不然我到奉天（省）前只好擱筆。筆倒有，左邊小口袋裡就是一排三支。

方才那百子響（鞭炮）放得惱人，害得我這鐵心漢也覺著有了些心酸，你們送客的有掉眼淚的沒有？（啊啊臭美！）小曼，我只見妳雙手掩著耳朵，滿面的驚慌，驚了就不悲，所以我推想妳也沒掉眼淚。但在滿月夜分別，咳！我孤孤單單的，揮手，你們全站著看我走，也不伸手來拉一拉，樣兒也不裝裝，真可氣。我想送我的裡面，

至少有一半是巴不得我走的，還有一半是「你走也好，走吧」。車出了站，我獨自的晃著腦袋，看天看夜，稍微有些難受，小停也就好了。

我倒想起去年五月間那晚，我離京向西時的情景：那時更悽愴些，簡直的悲，我站在車尾巴上，大半個黃澄澄的月亮在南角上升起，車輪閣的閣的響著，W還大聲的叫「徐志摩哭了」；但我那時雖則不曾失聲，眼淚可是有的。怪不得我，妳知道我那時怎樣的心理，彷彿一個在俄國吃了大敗仗往後退的拿破崙，天茫茫，地茫茫，心更茫茫，叫我不掉眼淚怎麼著？

但今夜可不同，上次是向西，向西是追落日，你碰破了腦袋都追不著；今晚是向東，向東是迎朝日，只要你認定方向，伸著手膀迎上去，遲早一輪旭紅的朝日會得擁入你的懷中的。這**一有希望，心頭就痛快，暫時的小悱惻也就上口有味，半酸不甜**的，生滋滋的像是啃大鮮果，有味！

娘那裡真得替我磕腦袋道歉，我不但存心去恭恭敬敬的辭行，我還預備了一番話要對她說呢，誰知道下午六神無主的把她忘了，難怪令尊大人相信我是荒唐，這還不夠荒唐嗎？妳替我告罪（陳述罪狀）去，我真不應該，妳有什麼神通，小曼，可以替我「包荒」（掩飾、遮蓋）？

天津已經過了（以上是昨晚寫的，寫至此，倦不可支，閉目就睡，睡醒便坐著發呆的想，再隔一、兩點鐘就過奉天了）。韓所長現在車上，真巧，這一路有他同行，不怕了。

方才我想打電話，我的確打了，妳沒有接著嗎？往窗外望，左邊黃澄澄的土直到天邊，右邊黃澄澄的地直到天邊；這半天，天色也不清明，叫人看著生悶。方才遙望錦州城那座塔，有些像西湖上那座雷峰，像那倒坍了的雷峰，這又增添了我無限的惆悵。但我這獨自的吁嗟，有誰聽著來？

妳今天上我的屋子裡去過沒有？希望沈先生已經把我的東西收拾起來，一切零星小件可以塞在那兩個手提箱裡，沒有鑰匙，貼上張封條也好，存在社裡樓上我想夠妥當了。還有我的書頂好也想法子點一點。**妳知道我怎樣的愛書，我最恨叫人隨便拖散**，除了一、兩個我許隨便拿的（妳自己一個）之外，**一概不許借出**，這妳得告訴沈先生。至少得過一個多月才能盼望看妳的信，這（豈）還不是刑罰！妳快寫了寄吧，別忘（了）via Siberia（經由西伯利亞），要不一信就得走兩個月。

志摩　星（期）二　奉天

小曼，我的心神搖搖的彷彿不曾離京

叫我寫什麼呢？咳！今天一早到哈（爾濱），上半天忙著換錢，現在一個人坐著，吃過兩塊糖，口裡怪膩煩的，心裡——不很好過；國境不曾出，已經是舉目無親的了，再下去益發淒慘。趕快寫信吧！乾悶著也不是道理。但是寫什麼呢？寫感情是寫不完的，還是寫事情的好。

日記大綱：

星（期）一：松樹胡同七號分贓。車站送行，百子響，小曼掩耳朵。

星（期）二：睡至十二時正。飯車裡碰見老韓。夜十二時到奉天。住日本旅館。

星（期）三：早大雪，繽紛至美。獨坐洋車，進城閒逛。三時與韓同行去長春。

車上賭紙牌，輸錢，頭痛。看兩邊雪景，一輪紅日。夜十時換上俄國車。吃美味檸檬茶。睡，著小涼，出涕。

星（期）四：早到哈（爾濱），韓侍從甚盛。去懋業銀行，予猶太鬼換錢。買糖，吃飯，寫信。

韓事未了，須遲一星期。我決（定）先走，今晚獨去滿洲里，後日即入西伯利亞了。這回是命定不得同伴，也好，可以省唾液，少談天，多想，多寫，多讀。真倦，才在沙發上入夢，白天又沉西，距車行還有六個鐘頭，叫我幹什麼去？

說話一不通，原來機靈人也變成了木鬆鬆（按：像木頭一樣反應慢）。我本來就不機靈，這來在俄國真像呆徒（按：指人笨而憨）了。今早上撞進一家糖果鋪去，一位賣糖的姑娘，黃頭髮白圍裙，來得標緻，我曉風（按：清晨的微風）裡進來本有些凍嘴，見了她爽性（乾脆）愣住了，愣了半天，不得要領，她都笑了。

不長鬍子真吃虧，問我哪兒來的，我說北京大學，誰都拿我當學生看。今天早上在一家錢鋪子裡，一群猶太人圍著我問話，當然只當我是個小孩，後來一見我護照上填著「大學教授」，他們一齊吃驚，改容相待，妳說不有趣嗎？

我愛這兒尖屁股的小馬車，頂好要一個戴大皮帽的大俄鬼子趕，這滿街亂跳，什麼時候都可以翻車，看了真有意思，坐著更好玩。中午我闖進一家俄國飯店去，一大群塗脂抹粉的俄國女人全抬起頭來看我，嚇得我直往外退，出門逃走！我從來不看女人的鞋帽，今天居然看了半天，有一頂紅的真俏皮。尋書鋪，不得，我只好寄一本糖書去，糖可真壞，留著那本書吧。這信遲四天可以到京，此後就遠了，好好的自己保重吧，小曼，**我的心神搖搖的彷彿不曾離京，今晚可以見你們似的**，再會吧！

摩　三月十二日

我把小曼裝在提包裡面帶走不好嗎？

小曼：

昨夜過滿洲里，有馮定一招呼，他也認識妳的。難關總算過了，但一路來還是小心翼翼的只怕「紅先生」（共產主義之人）們打進門來麻煩，多謝天，到現在為止，一切平安順利。今天下午三時到赤塔（按：俄羅斯外貝加爾邊疆區首府），也有朋友來招呼，這國際通車真不壞，我運氣格外好，獨自一間大屋子，舒服極了。我閉著眼想，假如我有一天與「她」度蜜月，就這西伯利亞也不壞；天冷算什麼？心窩裡熱就夠了！路上飲食可有些麻煩，昨夜到今天下午簡直沒東西吃，我這茶桶沒有茶灌頂難過；昨夜真餓，翻箱子也翻不出吃的來，就只陳博生送我的那罐福建肉鬆伺候著我，但那乾束束的，也沒法子吃。想起倒有些怨妳青果也不曾給我買幾個；上床睡時沒得

睡衣換，又得怨妳那幾天出了神，一點也不中用了。但是我絕不怪妳，妳知道，我隨便這麼說就是了。

同車有一個義大利人極有趣，很談得上（談得來）。他的鬍子比妳頭髮多得多，他吃煙（吸食鴉片）的時候我老怕他著火，（車上）德國人有好幾個，蠢的多；中國人有兩個，不相干；英、美、法人一個都沒有。再過六天，就到莫斯科，我還想到彼得堡去玩哪！這回真可惜了，早知道西伯利亞這樣容易走，我理清一個提包，把小曼裝在裡面帶走不好嗎？不說笑話，我走了以後妳這幾天的生活怎樣的過法？我時刻都惦記著妳，妳趕快寫信寄英國吧，要是我人到英國沒有妳的信，那我可真要怨了。

妳幾時搬回家去？既然決定搬，早搬為是，房子收拾整齊些，好定心讀書做事。這幾天身體怎樣？散拿吐瑾一定得不間斷的吃，記著我的話！心跳還來否？什麼細小事情都願意妳告訴我，能定心的寫幾篇小說，不管好壞，我一定有獎。妳見著的是哪幾個人，戲看否？早上什麼時候起來，都得告訴我。

我想給《晨報》寫通信，老是提心不起，火車裡寫東西真不容易，家信也懶得寫，可否懇妳的情（請求妳），常常為我轉告我的客中（旅居外地）情形，寫信寄浙江硤（按：音同霞）石徐申如先生（按：即徐志摩之父）。說起我臨行忘了一本金冬心（按：清代書畫家）的梅花冊，他的梅花真美，不信我畫幾朵（給）妳看。

摩　三月十四日

這一次身心兩處，夢魂都不得安穩

小曼：

好幾天沒（寫）信寄（給）妳，但我這幾天真是想家得厲害。每晚（白天也是的）一閉上眼就回北京，什麼奇怪的花樣都會在夢裡變出來。曼，這西伯利亞的充軍（按：古時遣發罪犯到遠地服役），真有些兒苦，我又暈車，看書不舒服，寫東西更煩，車上空氣又壞，東西也難吃，這真是何苦來。同車的人不是帶著家眷走，便是回家去的。他們在車上多過一天便離家近一天，就我這傻瓜甘心拋去暖和熱鬧的北京，到這荒涼的境界裡來叫苦！

再隔一個星期到柏林，又得對付她（按：指前妻張幼儀，當時她在柏林留學）了。我口雖硬，心頭可是不免發膩。小曼妳懂得不是？這一來，柏林又變了一個無趣

味的難關，所以總要到義大利等著老頭（按：指印度詩人泰戈爾）以後，我才能鼓起遊興來玩；但這單身（獨自一人）的玩，興趣終是有限的。我要是一年前出來，我的心裡就不同，那時倒是破釜沉舟的決絕，不比這一次身心兩處，夢魂都不得安穩。

但是曼，你們放心，我絕不頹喪，更不追悔；這次歐遊的教育是不可少的。稍微吃點子苦算什麼，那還不是應該的？妳知道我並沒有多麼不可搖動的大天才，我這兩年的文字生涯差不多是逼出來的。**要不是私下裡吃苦，命途上顛撲**（失去平衡而跌倒），**誰知道我靈魂裡有沒有安樂？安樂是害人的**，像我最近在北京的生活是不可以為常的；假如我新月社的生活繼續下去，要不了兩年，徐志摩不墮落也墮落了。我的筆尖上再也沒有光芒，我的心上再沒有新鮮的跳動，那我就完了——「泯然眾人矣」！到那時候我一定自慚形穢，再也不敢謬托（假冒）誰的知己，竟許在政治場中鬼混，塗上滿面的窯煤——咳，那才叫做出醜哩！**要知道墮落也要有天才，許多人連墮落都不夠資格。我自信我夠，所以更危險**。因此我力自振拔（振奮自拔），這回出來清一清頭腦，補足了我自己的教育再說——愛我的、期望我成才的，都好像是我恩主，又像債主，我真的又感激又怕他們！小曼，妳也得盡妳的力量幫助我望（往）清明的天空上騰，謹防我一滑足陷入泥混的深潭，從此不得救度。小曼，妳知道我絕對不慕榮華，不羨名利——我只求對得起我自己。

將來我回國後的生活，的確是問題，照我自己理想，簡直想丟開北京，妳不知道我多麼愛山林的清靜。前年我在家鄉山中，去年在廬山時，我的性靈是天天新鮮、天天活動的。**創作是一種無上的快樂，何況這自然而然像山溪似的流著**——我只要一天出產一首短詩，我就滿意。所以我很想望歐洲回去後，到西湖山裡（離家近些）去住幾時；但須有一個條件：至少得有一個人陪著我。前年胡適在煙霞洞養病，有他的表妹與他作伴，我說他們是神仙似的生活；我當時很羨慕他們。這種的生活——在**山林清幽處與一如意友人共處**——**是我理想的幸福**，也是培養保全一個詩人性靈的必要生活，妳說是否，小曼？

朋友像子美他們，固然他們也很愛我、器重我，但他們卻不了解我——他們期望我做一點事業，譬如要我辦報等等。但他們哪能知道我靈魂的想望？我真的志願，他們永遠端詳不到的。男（性）朋友裡真期望我的，怕只有張彭春（按：教育家、外交家、話劇活動家，「南開之父」張伯苓的弟弟）一個，女（性）友（人）裡叔華是我一個同志。但我現在只想望「她」能做我的伴侶，給我安慰，給我快樂；除了「她」，這茫茫大地上我更向誰要去？

這類話暫且不提，我來講些路上的情形給妳聽聽——我上一封信上不是說在這國際車上我獨占一大間臥室，舒服極了不是？好，樂極生悲，昨晚就來了報應！昨夜到一個大站，那地名不知有多長，我怎麼也念不上來。未到以前就有人來警告我說：前站有兩個客人上車，你的獨占得滿期（到達期限）了。我就起了恐慌，去問那和善的老車役，他張著口對我笑笑說：「不錯，有兩個客人要到你房裡，而且是兩位老太太！」（此地是男女同房的，不管是誰！）我說你不要開玩笑，他說：「那你看著，要是老太太還算是你的幸氣（運氣），在這樣荒涼的地方，哪裡有好客人來？」過了一程，車到了站。我下去散步回來，果然，房間裡有了新來的行李，一隻帆布提箱、兩個鋪蓋、一隻篾籃裝食物的。我看這情形不對，就問間壁（隔壁）房裡人，來了些什麼客人。間壁住了一位肥美（豐腴美麗）的德國太太，回答我：「來人不是好對付的，徐先生這回怕你要吃苦了！」不像是好對付的，唉！來了兩位：一矮，一高；矮的青臉，高的黑臉；青的穿黑，黑的穿青；一個像老母鴨，一個像貓頭鷹，衣襟上都帶著列寧小照的徽章，分明是紅黨（共產黨）裡的將軍！

我馬上賠笑臉湊上去說話，不成；高的那位只會三句英語，青臉的那位一字不提。說了半天，不得要領。再過一歇，他們在飯廳裡，我回房來，老車役進來鋪床。他就笑著問我：「那兩位老太太好不好？」我恨恨的說：「別打趣了！我真著急不知道來人是什麼路道（來歷）！」正說時，他掀起一個墊子，露出兩柄明晃晃上足子彈的手槍，他就拿在手裡頭，笑著說：「你看，他們就是這個路道！」

今天早上醒來，恭喜，我的頭還是好好的在我脖子上安著。小曼，妳要看了他們兩位好漢的尊容，準嚇得妳心跳，渾身抖擻！

俄國的東西貴死了，可恨！車裡飯壞的不成話（不像話），貴的更不成話，一杯可可五毛錢像泥水，還得看西崽大爺們的嘴臉！地方是真冷，絕不是人住的！一路風景可真美，我想專寫一封晨報通信，講西伯利亞。

小曼，現在我這裡是下午六時，北京約在八時半，妳（或）許正在吃飯，同誰？（吃飯時都）講些什麼？為什麼我聽不見？咳！我恨不得——不寫了，一心只想到狄更生那裡看信去！

志摩　三月十八日　Omsk（按：鄂木斯克，位於俄羅斯西伯利亞西南部）　西

我知道，妳是最柔情不過的

小曼：

柏林第一晚。一時半。方才送C女士（按：指張幼儀。此段故事參見《小腳與西服》，張幼儀姪孫女張邦梅著）回去，可憐不幸的母親，三歲的小孩子只剩了一撮冷灰（按：徐志摩與張幼儀的次子在一九二五年病逝於柏林），一週前死的。她今天掛著兩行眼淚等我，好不淒慘；只要早一週到，還可見著可愛的小臉兒，一面也不得見，這是哪裡說起？他人緣倒有，前天有八十人送他的殯，說也奇怪，凡是見過他的，不論是中國人、德國人，都愛極了他，他死了街坊都出眼淚，沒一個不說的不曾見過那樣聰明可愛的孩子。曼，妳也沒福，否則妳也一定樂意看見這樣一個孩兒的——他的相片明後天寄去，妳為我珍藏著吧。

真可憐，為（了）他（的）病也不知有幾十晚不曾闔眼，瘦得什麼似的，她（張幼儀）到這時還不能相信，昏昏的只似在夢中過活。小孩兒的保姆比她悲傷更切。她是一個四十左右的老姑娘，先前愛上了一個人，不得回音，足足的痴等了這六、七年，好（不）容易得著了寶貝，容受她母性的愛；她整天的在他身上用心盡力，每晚每早要為他禱告，如今兩手空空的，兩眼汪汪的，連禱告都無從開口，因為上帝待她太殘酷了。我今天趕來哭他，半是傷心，半是慘目（按：傷心慘目意指極為悲傷，使人不忍心看），也算是天罰我了。

唉！家裡有電報去，堂上知道了更不知怎樣的悲慘，急切又沒有相當（合適的）人去安慰他們，真是可憐！曼！妳為我寫封信去吧，好嗎？聽說泰戈爾也在南方病著，我趕快得去，回頭老人又有什麼長短，我這回到歐洲來，豈不是老小兩空！而且我深怕這兆頭不好呢。

C可是一個有志氣有膽量的女子，她這兩年來進步不少，獨立的步子已經站得穩，思想確有通道，這是朋友的好處，老K的力量最大，不亞於我自己的。她現在真是「什麼都不怕」，將來準備丟幾個炸彈，驚驚中國鼠膽的社會，你們看著吧！

柏林還是舊柏林，但貴賤差得太遠了，先前花四毛，現在得花六元、八元，妳信不信？

小曼，對妳不起，收到這樣一封悲慘乏味的信，但是我知道妳一定生氣我補這句話，因為妳是最柔情不過的，我掉眼淚的地方妳也免不了掉，我悶氣的時候妳也不免悶氣，是不是？

今晚與C看茶花女的樂劇解悶，悶卻並不解。明兒有好戲看，那是蕭伯納的*Jean Dare*（《聖女貞德》）。柏林的咖啡（叫Macca）真好，peach Melba（水蜜桃冰淇淋）也不壞，就是太貴。

今年江南的春梅都看不到，妳多寄些給我才是！

志摩　三月廿六日

感情是我的指南，衝動是我的風

小曼：

我一個人在倫敦瞎逛，現在在「採花樓」一個人喝烏龍茶，等吃飯，再隔一點鐘去看 John Barrymore（約翰．巴里摩）（主演）的 *Hamlet*（《哈姆雷特》），這次到英國來就為看戲。妳好一時（一段時間）不得我的信，我怕妳有些著急，我也不知怎的總是懶得動筆；雖則我沒有一天不想把那天的經驗整個兒告訴妳。說也奇怪，我還是每晚做夢回北京，十次裡有九次見著妳，每次的情形，總令人難過。難道真的像張幼儀他們挖苦我說：我只到歐洲來了一雙腿，「心」不用說，連腸胃都不曾帶來（因為我胃口不好）？你們那裡有誰做夢，會見了我的魂沒有？我也願意知道。

我到現在還不曾接到中國來的單個字；狄更生不在康橋，他那裡不知有我的信沒

有?怕掉了，我真著急。我想別人也許沒有信，小曼妳總該有;可是到哪一天才可以得到妳(的)信，我自己都不知道!我這次來，一路上墳送葬，惘惘(失意)極了。我有一天想立刻買船票到印度去還了願心(心願)完事，又想立刻回頭趕回中國，也許有機會與我的愛一同到山林深處過夏去，強如在歐洲做流氓。其實到今天為止，我還是沒有想要流(浪)到哪裡去。感情是我的指南，衝動是我的風!這是「今日不知明日事」的辦法。可是印度我總得去，老頭在不在我都得去，這比菩薩面前許下的願心還要緊。照我現在的主意是不遲六月初動身到印度，八、九月間可回國，那就快樂了不是?

我前晚到倫敦的，這裡大半朋友全不在，春假旅行去了，只見著那美術家 Roger Fry(羅傑・弗萊)、翻中國詩的 Arthur Waley(亞瑟・偉利)。昨晚我住在他那裡，今晚又得做流氓了。今天看完了戲，明早就回巴黎，張女士(張幼儀)等著要跟我上義大利玩去。我們打算去玩威尼斯，再去佛洛倫斯與羅馬;她只有兩星期就得回柏林去上學，我一個人還得往南，想到 Sicily(西西里島)去洗澡，再回頭來。我這一時一點心的平安都沒有，煩極了，「先生」那裡信也一封沒有著筆，詩半行也沒有——如其有什麼可提的成績，也許就只晚上的夢；那倒不少，並且多的是花樣，要是有法子記下來時，早已成書了！

這回旅行太糟了，本來的打算多如意、多美，泰戈爾一跑，我就沒了落兒（著落）；我倒不怨他，我怨的（是）他的書記那恩厚之小鬼，一面催我出來，一面讓老頭回去，也不給我個消息，害我白跑一趟。同時他倒舒服，妳知道他本來是個不名一文的光棍，現在可大抖（得意）了，他做了Mrs. Willard Straight（按：指威拉德太太，美國富豪的遺孀，曾資助泰戈爾實驗農村復興計畫）的老爺，她是全世界最富女人的一個，在美國頂有名的。這小鬼不是平地一聲雷，腦袋上都裝了金了嗎？我有電報給他，已經四天了，也不得回電，想是在蜜月裡蜜昏了，哪管得我在這兒空宕（白拖延）！

小曼妳近來怎樣？身體怎樣？妳的心跳病我最怕，妳知道妳每日一發病，我的心好像也掉了下去似的。近來發不發？我盼望不再來了。妳的心緒怎樣？這話其實不必問，不問我也猜著。真是要命，這距離不是假的，一封信來回至少得四十天。我問話也沒有用，還不如到夢裡去問吧！

說起現在無線電的應用，真是可驚，我在倫敦可以聽到北京飯店禮拜天下午的音樂，或是三藩市（舊金山）市政廳裡的演說，妳說奇不奇？現在德國差不多每家都裝了聽音機，就是有限制（每天有報什麼時候聽什麼），並且自己不能發電。將來我想不久，無線電話有了普遍的設備，距離與空間就不成問題了。比如我在倫敦，就可以要北京電話，與妳直接談天，妳說多 wonderful（美好）！

在曼殊斐兒（Katherine Manthfield，按：英國女作家）墳前寫的那張信片到了沒有？我想另作一首詩。但是妳可知道她的丈夫已經再娶了，也是一個有錢的女人。那雖則沒有什麼，曼殊斐兒也不會見怪，但我總覺得有些尷尬，我的東道（請客）都（賭）輸了。妳那篇 something childish（孩子氣的東西）的作品，改好了沒有？近來做些什麼事？英國寒傖（寒酸）得很，沒有東西寄給妳，到了義大利再買好玩兒的寄給妳，妳乖乖的等著吧！

志摩　四月十日晚　倫敦

老是怕妳病倒，但總希望妳可以逃過

小曼：

W的回電來後，又是四、五天了。我早晚憂巴巴的只是盼著信，偏偏信影子都不見，難道妳從四月十三寫信以後，就沒有力量提筆？W的信是二十三日，正是妳進協和（醫學院）的第二天，他說等「明天」醫生報告病情，再給我寫信。只要他或妳自己上月內寄出信，此時也該到了，真悶煞人！

回電當然是一個安慰，否則我這幾天哪有安靜日子過？電文只說「一切平安」，至少妳沒有危險了是可以斷定的，但妳的病情究竟怎樣？進院後醫治見效否？此時已否出院？已能照常行動否？我都急切要知道；但急切偏不得知道，這多彆扭！

小曼，這回苦了妳，我想妳病中一定格外的想念我，妳哭了沒有？我想一定有

的，因為我在這裡只要上床去一時睡不著，就叫曼，曼不答應（回應），我就有些心酸，何況妳在病中呢？早知妳有這場病，我就不該離京，我老是怕妳病倒，但同時總希望妳可以逃過，誰知妳還是一樣吃苦，為什麼妳不等著我在妳身邊的時候生病？

這話問得沒理我知道；我也不（一）定會得伺候病人，但是我真想**倘如有機會伴著妳養病，就是樂趣**。妳枕頭歪了，我可以給妳理正；妳要水喝，我可以拿給妳；妳不厭煩，我念書給妳聽；妳睡著了，我輕輕的掩上了門；有人送花來，我給妳裝進瓶子去；現在我沒福享受這種想像中的逸趣。將來或許我病倒了，妳來伴我也是一樣的。妳此番病中有誰伺候著妳？娘總常常在妳身邊，但她也得管家，朋友中W大約總常來的，歆海也不會缺席的。慰慈不在，夢綠來否？翊唐呢？叔華兩月來沒有信，不知何故，她來看妳否？妳病中感念一定很多，但不寫下也就忘了。

近來不說功課，不說日記，連信都沒有，可見妳病得真乏了。妳最後倚病勉強寫的那兩封信，字跡潦草，看出妳腕勁一些也沒有，真可憐，曼呀，我那時真著急，簡直怕妳死，妳可不能死，妳答應為我活著。妳現在又多了一個仇敵——病，那也得妳用意志力來奮鬥的。妳究竟年輕，妳的傷損容易養得過來的，千萬不要過於傷感。病中面色是總不好看的，那也沒（辦）法，妳就少照鏡子，等精神回來的時候，自己再看自己不遲。妳現在雖則瘦，還是可以回復妳的豐腴的，只要生活根本的改樣。

我月初連著寄的長信，應該連續的到了。但妳回信不知要到什麼時候才來，想著真急。W談，娘疑心我的信激成妳的病的，所以常在那裡查問我。我寄中街的信不會丟、不會漏嗎？我盼望我寄（給）妳的信，只有妳見再沒有第二人看，不是看不得，是不願意叫人家隨便講閒話是真的。但妳這回可真得堅決了，我上封信要妳跟W來歐（洲），妳仔細想過沒有？這是妳一生的一個大關鍵，俗話說的快刀斬亂絲，再痛快不過的。我不願意妳再有躊躇，上帝幫助能自助的人，只要妳站起來，就有人在妳前面領路。W真是「解人」，要不是他，豈不是妳我在兩地乾著急，叫天天不應的多苦；現在有他做妳的「紅娘」，妳也夠榮耀，放心燒妳的夜香吧！我真盼望你們師生倆一共到歐洲來，我一定請你們喝香檳接風。有好消息時，最好來電報 Firenze（義大利佛羅倫斯）就可以到。

慰慈尚在瑞士，月初或到斐倫翠（按：即佛羅倫斯，徐志摩在詩中另稱翡冷翠）來，我們許同遊歐洲，再報告妳，盼望妳早已健全，我永遠在妳的身旁，我的曼！

W替我問候不另（不另外寫信給他了）。

摩　五月二十六日

5. 每個女人都會碰上胡蘭成，但男人一生遇不到張愛玲

他的過去裡沒有我
曲折的流年
深深的庭院
空房裡晒著太陽
已經成為古代的太陽了
我要一直跑進去
大喊：「我在這兒！
我在這兒呀！」

——張愛玲

原來那句被後世有情人用得俗濫的「於千萬人之中遇見你所遇見的人，於千萬年之中時間的無涯的荒野裡，沒有早一步，也沒有晚一步」，是張愛玲遇見胡蘭成那一年說的，張愛玲把它寫在散文《愛》裡。此外，聽說《愛》裡的故事，也是胡蘭成講給張愛玲聽的。

愛情容易讓人大改作風的原因，也許**真是因為身不由己——就連特立獨行的張愛玲也未能免俗**。

張愛玲與胡蘭成相遇那年，已是二十四歲的女青年。然而這個名門之後空有出身顯赫的光環，童年卻糟糕得一塌糊塗。她的父母親原本是一對門當戶對的「金童玉女」，可由於母親黃逸梵（祖父是七省水師提督，父親是廣西道臺，相當於廳長）思想新潮，看不慣丈夫張志沂（李鴻章外孫）整日沉湎於吸食鴉片、流連煙花地（紅燈區），簡直無所作為，便在絕望中偕同小姑子一起遠走歐洲，留下兩個幼子。後來，她又回到上海，只為了與張志沂脫離夫妻關係，離婚後再次走出國門。

沒過多久，張志沂就為孩子們找了個繼母，兩個孩子便在父親和繼母的監管下長大。張愛玲十八歲的時候，突然提出要到國外深造，無奈此時的張家已逐漸沒落，再加上張志沂夫婦吸食鴉片需要很大一筆開銷，自然捨不得拿出「巨資」讓張愛玲出國，甚至為此將張愛玲毒打一頓，並監禁起來以防逃跑。可想而知，個性要強的張愛玲設法逃出去以後，再也沒有回過她上海的這個家。

出逃的張愛玲此後的際遇頗為曲折。她在母親的資助下念書（黃逸梵得到張志沂母親龐大遺產），後因戰亂從倫敦流落到香港，又從香港回到上海定居。在上海，她以寫作為生，這原本就是出於經濟方面的考慮。而後，她在周瘦鵑先生負責的《紫羅蘭》雜誌上發表作品：**《第一爐香》和《第二爐香》，因此逐漸在上海文壇小有名氣，**隨之而來的《紅玫瑰與白玫瑰》、《傾城之戀》、《金鎖記》等作品，亦在社會上引起

▲ 童年時代的張愛玲和弟弟。

巨大反響，更是讓她的名氣如日中天。

胡蘭成就是在這個時候慕名而來的。

那是一九四四年的春天，三十八歲的汪精衛政權宣傳部常務副部長、法制局長、《大楚報》主筆——胡蘭成，在他南京的寓所草坪上，隨手翻開了蘇青寄給他的《天地》第十一期。剛讀了個開頭，作者的文風和小說的內容就令他精神一振，忍不住坐正身子，迫不及待的閱讀起來。這篇小說正是張愛玲的《封鎖》。

若問胡蘭成何許人也？最初也只是個小人物。他出生於浙江嵊（按：音同聖）縣，自幼家貧，很早就出來闖蕩，吃了不少苦頭。然而造化弄人，不久他的髮妻唐玉鳳又因病早逝，使他不得不四處借錢葬妻，看人臉色。在經歷此番命運的捉弄後，這個原本只想安分過活的小文人性情大變，逐漸養成淡漠的為人處世態度。這一點也正是汪精衛政權在拉攏胡蘭成（擔任副宣傳部長）時所看中的——此時胡蘭成的價值觀已經完全扭曲，根本不在乎是否已成為民族的罪人。而恰好讀到張愛玲《封鎖》的這一天，他正在南京家中養病。

他讀張愛玲《封鎖》的同時，心下欣喜若狂，這種喜悅，應該就是從文人相惜中產生的吧。他原本不知道，還有人能將人之本性，如此巧妙的從小人物身上表現出來。他當下對這個名叫張愛玲的作者充滿了好奇和嚮往，因而在病癒回到上海的寓所後，第一時間去找蘇青，要她幫自己向這位了不起的大作家張愛玲引見一下。蘇青拒絕了他的請求，理由是張愛玲對讀者一概不見，不過倔強的胡蘭成豈肯輕易甘休，硬是不依不饒的向蘇青索要張愛玲的地址。蘇青拗不過他，只好妥協的把張愛玲家的地址寫給他。

第二天，胡蘭成滿懷期待的造訪張愛玲位於赫德路的家，可蘇青果真沒有說謊，張愛玲

▲ 張愛玲（左）、胡蘭成（中）、蘇青。

無論如何也不肯見他。他當然不死心，卻苦於敲不開那扇令人無限神往的門，最後只能拿張紙寫上自己的姓名、住址、電話及來訪緣由，從張愛玲家的大門縫裡塞進去，然後悻悻離開。

沒想到隔天，胡蘭成竟接到張愛玲親自打來的電話，說要去他家中拜訪，一會兒就到了。至於張愛玲態度的變化，旁人自是難以揣測，說不定她亦久聞胡蘭成的才名呢！總之，**二十四歲的張愛玲就這樣自己走進了胡蘭成的家門**，這也預示著在他們這一段情事中，女方始終更主動些。

張愛玲本人與胡蘭成心目中想像的形象有些不同，一是沒想到她竟有這麼高（一米六八），二是她竟如此嬌柔可憐，一副女學生的模樣；至於胡蘭成的形象，正符合了張愛玲對異性的幻想——這個三十八

▲ 少女時代的張愛玲。

歲的男人氣質瀟灑、風流韻致、侃侃而談，更重要的是，此人所言總能觸動她的內心深處。就這樣，一見如故的兩人在主人的客廳內一聊就是五個小時，張愛玲臨走時，他們已親切到連客套話都省了。

次日，胡蘭成到張愛玲的寓所回訪。那天的張愛玲穿了一件寶藍色的綢襖褲，眼鏡是嫩黃邊框的，這成為了多年後，胡蘭成對她不變的記憶。他們再一次相談甚歡，不過大都是胡蘭成侃侃而談，張愛玲側耳傾聽。就在當晚，心緒難平的胡蘭成激動的寫了一封信，並附上一首新詩給張愛玲，言及許多「知心話」（按：相互理解、感情深切的話語）。胡蘭成亦是個有才之人，好似又略懂讀心術，頻頻戳中張愛玲的心事，所以張愛玲給他的回信是：「**因為懂得，所以慈悲。**」

從此，胡蘭成每日都要到張愛玲的寓所報到，兩人知無不言，言無不盡。有一天，胡蘭成向張愛玲提起第一次看到她的照片，是在《天地》上，張愛玲便馬上翻出那張照片送給他，只見照片後面寫了幾句話：「**見了他，她變得很低很低，低到塵埃裡。但她心裡是歡喜的，從塵埃裡開出花來。**」這像是她對他的回應，又像是她對他的表白。總之，這應該是孤傲的張愛玲，生平第一次對異性說出如此露骨的話。

就這樣，二十四歲的張愛玲和三十八歲的胡蘭成戀愛了。胡蘭成平日要在南京辦公，只好每個月回上海待個十來天。每次一回上海，他連自己的寓所都不回，就直奔張愛玲的住處。毋庸置疑，戀愛之初雙方都激情飽滿，尤其像張愛玲這樣有個性的女子，要麼澈底不愛，但一旦愛了，那真是不管不顧。世人都覺得胡蘭成配不上她，先不說他年紀大她一輪以上，光是他那可憎的漢奸身分，再加上有妻室（原配死後又娶了妻），這每一條劣跡，都在張愛玲的光環下相形見絀。可是第一次墜入情網的張愛玲，壓根不把這些放在眼裡，十分符合她一貫的風格。

這年八月，和第二任妻子離了婚的胡蘭成，決定和張愛玲結婚。他們兩人沒有舉辦婚禮，只請了張愛玲的好友炎櫻做證婚人，以婚約為定，婚約曰：「胡蘭成張愛玲簽訂終身，結為夫婦，願使歲月靜好，現世安穩。」前兩句出自張愛玲，後兩句則是胡蘭成的手筆。

同年十一月，胡蘭成調職武漢。離開上海的他猶如放回水裡的魚兒，又開始了他風流的遊弋（按：巡行察看）。很快的，他迷上了年輕溫柔的護士周訓德。**婚外動情的事，胡蘭成不是第一次做，所以即使對象是大作家張愛玲，他也只有稍縱即逝的不安**，繼而沉迷其中，不可自拔。不久，他在武漢與周護士也舉行了個婚禮，而遠在上海的張愛玲對此渾然不知，並一如既往的來信向他傾訴日常瑣事及思念之情。

一九四五年三月，胡蘭成回了趟上海，竟毫不知恥的把自己和周護士的事告訴了張愛玲。張愛玲內心的痛恨交織可想而知，但她表面上卻做出平靜無瀾的樣子。試想，要有多深的愛，才能讓這個自尊心極強的女子委曲求全啊！在上海的一個多月，胡蘭成沒有再提起武漢的情人，也許他本性就是耐不住寂寞吧，只求身畔有佳人就好。待他五月回到武漢，一見到周護士，則又把張愛玲全然拋在腦後了。

一九四五年八月十五日，日本投降，胡蘭成的好日子也結束了，取而代之的是開始四處逃亡的生活。生性風流的他，**即使在逃亡路上還不忘與人勾搭**。當他逃至杭州一帶時，勾引了一位大戶人家的姨太太——名叫范秀美——與他同路，兩人最後以夫妻之名逃到溫州同居。遠在上海的張愛玲放心不下胡蘭成，在千方百計打聽到他的下落後，立刻隻身前往溫州。待張愛玲看到胡蘭成和他的新歡，心中不知有著怎樣的山崩地裂，但隱忍的她竟然留下來，**與丈夫及其情人同住了二十多天**。在動身回上海的時候，她對胡蘭成說：「倘使我不得不離開你，不會去尋短見，也不會愛別人，我將只是自我萎謝了。」也許她對於他倆的緣分將盡，是有預感的。

此後幾個月，兩人聯繫甚少，但張愛玲依然會寄稿費接濟胡蘭成，唯恐他在外面受苦。中途有一次，胡蘭成流亡路過上海，在張愛玲家住了一晚；當晚，胡蘭成又提及周護士及范秀美之事，令張愛玲很不愉快，兩人遂分居而睡。第二天一早，胡蘭成到張愛玲床前與她道別，並俯身吻她，張愛玲接著伸出雙手環抱他的脖子，嗚咽著叫了一聲「蘭成」，便再也說不出話來。這是兩人的最後見面。

次年六月，胡蘭成收到張愛玲的分手信：「我已經不喜歡你了，你是早已經不喜歡我的了。這次的決心，是我經過一年半長時間考慮的。彼惟時以小吉（按：即小劫難，指胡蘭成被追捕）故，不欲增加你的困難。你不要來尋我，即或寫信來，我亦是不看的了。」就這樣，他與她，此生再無相見。

6. 會作詩不會做人，朱湘未能與劉霓君白頭

葬我在荷花池內，
耳邊有水蚓拖聲，
在綠荷葉的燈上
螢火蟲時暗時明——

葬我在馬纓花下，
永做芬芳的夢——
葬我在泰山之巔，
風聲嗚咽過孤松——

不然，就燒我成灰，
投入氾濫的春江，
與落花一同漂去
無人知道的地方。

——朱湘

世人都說，朱湘的這首詩作，無疑是他早早預留的一封遺書，為他後來從世間抽身而退做了預告。實際上，這首詩不能只做悲涼的解讀，它其實也表達了詩人對各種「美」的期許。

性情孤傲的詩人朱湘，一生窮困潦倒、顛沛流離，美好的生活離他還真是有點距離。外人眼中的朱湘，一如同學梁實秋所說，是個「神經錯亂」的人；他敏感又偏執，為人處世極不高明，經常自相矛盾，性格一點也不可愛。一度被他看不起的作家蘇雪林這樣評價他：「朱湘是一個常常穿著西服，頎長（按：頎音同其，頎長意指身材修長）清瘦、神情傲慢、見人不大打招呼的人。**他是天才，而且是瘋癲的天才。**」然而就是這樣一個與周遭格格不入的人，一旦陷入情網，卻宛若走火入魔。他留給世人的話題，除了那令人唏噓的結局，還有他和妻子劉霓君的故事。若說他那不「美」的世界裡還有什麼溫暖的存在，恐怕唯一的亮色，便是他對劉霓君的深情。

先來講講朱湘與劉霓君的淵源。

朱湘原籍安徽太湖，生於湖南沅陵。三歲時，疼愛他的母親去世，孤獨的他性格漸漸變得乖戾。到他八、九歲時，厭倦官場的父親告老還鄉，帶著他回到太湖縣彌陀鎮居住；在這裡，朱湘接受了啟蒙教育，只是誰都沒有想到，三年後連父親也不幸病逝了。臨終前，父親託養子朱文焯（即朱湘的大哥）照顧朱湘，當時朱文焯正供職於南京政府，處理完養父的後事之後，便把朱湘帶回南京讀書。在南京，朱湘並未過上好日子，其大哥朱文焯不但比他年長二十八歲，且性格暴烈，常常對朱湘拳打腳踢，兩人的感情極為淡漠。

在這般無奈的境遇中，**朱湘開始用寫詩來發洩自己的孤苦壓抑**，而他的才氣也是顯露自這一時期，且沒想到時日漸長，竟在當地文壇小有名氣。這時，劉霓君的出現，卻打亂了他平靜的讀書生活。

這位劉霓君小姐，其實是朱湘的未婚妻，他倆是由雙方家長指腹為婚的。當然，怪僻如朱湘，斷不會心甘情願接受這樣的安排，從懂事起，他就千方百計想要擺脫這場包辦婚姻，只是懾於父親的權威，遲遲未能如願。後來父親去世，他又考上了北京清華大學，便自認為可以躲過這場「劫難」了。有一次，大哥朱文焯到清華大學探望朱湘，兄弟倆正客套的寒暄著，朱湘忽然發現了角落裡的劉霓君。劉霓君注意到朱湘的目光後，大膽的向他敘說自己在報紙上讀到他的詩歌，言語間滿是欽慕之

▲朱湘（左）與劉霓君。

情。隨後朱湘粗暴的打斷了她，只因她的喋喋不休令他厭煩。最後，朱湘拋下劉霓君，一個人憤然回到宿舍——在見到劉霓君的那一刻，他只感到一種絕望……原以為來清華念書，就可以逃離這個人，沒想到大哥還是把她帶來了。朱湘暗下決心，一定要想出對策來擺脫這樁荒唐的婚約；後來，他想到了赴美留學，認為只要自己走出國門一去不回，劉家自然會解除婚約。可偏偏造化弄人，就在朱湘動了此念的時候，清華大學卻貼出了開除朱湘的公告——他因為抵制學校早點名制度多達二十七次，學校決定不再容留他繼續學業。

有同學為他感到遺憾，試圖去為他說情，卻遭到朱湘拒絕。朱湘憤憤不平的說：「清華的生活是非人的，人生應該奮鬥，清華卻只看重分數；人生應該多彩，而清華只有單調；人生應該深刻，而清華只有隔靴搔癢。清華所謂的最高尚的生活，其實不過一個『假』字，矯揉！」很快，他灑脫的離開了清華，隻身回到上海，全心全意的投入到新詩創作上。

回到上海不久，大哥告訴朱湘，劉霓君也來到了上海。他還表示劉霓君的父親剛剛去世，其兄長獨占了家產，把她趕了出來，毫無去處的她只好一個人跑到上海來掙生活費。**這個消息使朱湘有所觸動，激發了他本性中的善良**，他想：不管我娶不娶她，都有義務去看望一下吧，哪怕作為老鄉。

幾天後，朱湘真的去探望劉霓君了。他來到浦東外灘，穿過一片舊房改造成的廠區，找到離廠房不遠的一排工棚區，這裡是紗廠的洗衣房。剛走進去，他一眼就看到劉霓君正埋首清洗著一堆衣物。朱湘聞著從廠房散發出的各種氣味，心中五味雜陳……兩個人都沒有說話，也許無從說起吧！長久的沉默後，劉霓君淡淡的對朱湘說了句：「謝謝你來看我。」朱湘的嘴唇動了動，卻一字未吐，只是使勁的搖頭。接著劉霓君慢慢轉身走回洗衣房，消失在白茫茫的霧氣中。

望著劉霓君清瘦的背影，朱湘的心顫了一下。此時，他的情感發生了微妙的變化——他對這個自己一直抗拒的未婚妻，忽然產生憐憫之外的感情。這位多情的詩人知道，一種從未有過的愛情體驗來臨了。他立刻衝上前去抓住劉霓君的手，拉著她走出洗衣房，接著笨拙的向她表白，聲稱要和她結婚。

很快，這樁指腹為婚的婚姻便合法化了。

在與劉霓君結婚這件事情上，朱湘其實是主動的，雖然之前抗拒過、逃避過、厭憎過，但愛情一旦來了，他投入得很澈底；這也許是他多舛的命運決定的，也或許是性格使然。他的世界孤獨了太久，幸有劉霓君的入住，將他灰暗的人生一下子點亮了。他對她的感情從至真變為至深，整個人**從常人眼中的怪物，變成人所稱道的痴情種。結婚後的第一年，是朱湘創作的高峰期**，愛情成了他的靈感泉源，《答夢》、《情感》、《雌夜啼》等大量優秀詩作，都是在這一時期完成的。不久，他出版了詩集《草莽集》，還與聞一多、徐志摩等人一同在《晨報副刊》上創辦詩歌專刊《詩鐫》並發表詩歌，成為新月派詩歌的代表人物之一。但後來由於版面位置不如聞、徐等人，朱湘發了長文痛批他們的作品，公開決裂。

第二年，他與嬌妻劉霓君依依惜別，隻身到美國留學。留美期間，自尊心極強的他因為無法忍受外國人對自己的歧視，而不斷轉學，先後在威斯康辛州勞倫斯大學、芝加哥大學和俄亥俄大學學習英國文學等課程。身在美國的朱湘無限思念家中的妻子，寫了近一百封信給她，以寄託自己的相思之苦。他給她的信，又不只是單純意義上的家書，後人遂將之劃分到情書一類，裡面雖也提及謀生之苦、貧困之窘，但大都是他對她的深情告白，包含刻骨的想念和脈脈的柔情。

朱湘在美國只待了三年，便因經濟拮据而中斷了學業，連學位都沒拿就回國了。回國後，他受邀擔任安徽大學（安徽師範大學前身）英國文學系主任，每月的薪水有三百元，這是他一生最富足的時期。可惜好景不常，學校很快開始欠薪，朱湘在無奈之下只能辭職。此時，他與劉霓君的第三個孩子再沅剛剛出生，由於失業，一家人的生活陷入困頓中；不久，再沅因為沒有奶吃而被餓死，這件事不但給朱湘帶來了很大的刺激，也讓他和劉霓君的關係更加緊張。

照理說，兩人的結合本是情投意合，婚姻生活理應濃情蜜意才對，可是，凡人的生活有時候也敵不過柴米油鹽的現實。他們經常因為經濟窘迫發生口角，甚至到了動手的地步，夫妻關係十分不和，尤其在小兒子夭折後，劉霓君越發抱怨丈夫的無能——沒有一所學校敢聘用他。無奈的朱湘只好外出謀生，漂泊於長沙、武漢、北平、天津、上海和杭州等地，以賣文為生，山窮水盡時甚至要向朋友求援度日。事業和家庭的四面楚歌，讓他身心備受折磨，最後罹患了腦充血病，文思也日漸枯竭——隨著詩稿越來越難發表，他無疑被逼上了窮途末路。

在一個冬夜，朱湘用口袋中僅有的一點錢，買了一張去南京的船票和一瓶酒，剩下的則為劉霓君買了一包她平日最愛吃的飴糖。第二天凌晨，在一艘從上海開往南京的「吉和」號輪船上，滿臉憔悴的朱湘倚靠著船舷，一邊喝著酒，一邊讀著詩。就在輪船臨到南京時，他突然越過船舷，縱身跳入冰冷的江水中，掙扎了幾下便消失得無影無蹤。

朱湘以這種決絕的方式埋葬了自己，將生平故事書寫下悲壯的一筆。在他逝世不久，劉霓君也削髮為尼，遁入空門，從此再無音訊。至於他曾寫給她的近百封情書，最後被他的好友羅念生編輯出版，名為《海外寄霓君》。

7. 呂碧城終身未嫁，好男人不是已婚就是太老

《瓊樓》——呂碧城

瓊樓秋思入高寒，看盡蒼冥意已闌；
棋罷忘言誰勝負，夢餘無跡認悲歡。
金輪轉劫知難盡，碧海量愁未覺寬；
欲擬騷詞賦天問，萬靈淒惻繞吟壇。

說起呂碧城，在民國可是個響噹噹的人物，有人甚至以「一香不與凡花同」來形容她，可見她的卓爾不凡。一八八三年，呂碧城出生於清末一個仕宦之家，其父呂鳳岐為光緒三年丁丑科進士，曾先後擔任國史館協修、玉牒館纂修、山西學政等官職，不失為學富五車之名仕。據說呂家藏書豐富，竟有三萬餘卷，呂碧城從小生長在這樣

一個書香世家，備受薰陶，表現自然不差。

然而造化弄人，呂碧城十二歲那年，其父便過早離世，家產遭族人巧取豪奪，一門四女備受排擠。無奈之下，孩子們只好隨母遠走回娘家。

在此期間，還有個小小的插曲。呂碧城痛失父親後，其母從京城回到鄉下處理家產，卻遭到暗中綁架，指使之人竟是呂家族人。**年僅十二歲的呂碧城**在京城得到消息後，立刻馬不停蹄的奔走於父親昔日的朋友之間，以求援助；最後，在這些熱心人士的幫助下，呂碧城**終於把母親解救出來**。為此，這個勇氣可嘉的十二歲少女名動京城，人們無不為她的過人膽識所撼動。

呂家四姐妹隨母親在祖父家暫時避難，一家人過著寄人籬下的日子。第二年，母親讓十三歲的呂碧城前往天津，投奔時任塘沽鹽運使的舅舅。家道的變故讓呂碧城變得更加早熟，在寄住舅舅家的幾年間，她也毫不懈怠的發憤學習。出於對中國傳統文化的無比熱愛，她遍讀經史子集，為日後在文壇與政壇的厚積薄發奠定基礎。

然而，隨著年齡增長，呂碧城越發感到來自深閨生活的束縛，並開始渴望更廣闊的天地，熱切希望能到大城市去見識一番。終於，在一九〇四年的時候，二十一歲的她決定去天津探究新學，不料卻遭到舅舅斥責。由於過去不平凡的經歷，讓呂碧城骨子裡多了幾分主見與決絕，於是她不顧舅舅反對毅然離家，隻身來到天津。

也許是命中註定，就在天津這座讓呂碧城心心念念的城市裡，她的人生開啟了新的篇章——來此不久，她便有幸**結識了當時天津《大公報》的總經理英斂之**，且飛揚文采很快就得到了賞識；英斂之當然不會錯失這個在他眼中才高識遠、大有可為的才女，遂聘她為該報的第一位女編輯。就這樣，呂碧城拿起手中的筆，藉由《大公報》這塊陣地，開始縱橫馳騁詞壇。秋

▲ 呂碧城。

瑾辦報時，每期都會刊登呂碧城的文章；秋瑾被處決後，是呂碧城收斂了她的屍骨。

開篇這首《瓊樓》，乃呂碧城晚年之作，與她年輕時的慷慨激昂相比，進入暮年之境的她，已如飛瀑入溪流般無波無瀾，甚至帶著細碎的遁世感傷。

如果說，呂碧城的前半生是「**夜雨談兵，春風說劍，沖天美人虹起**」的激昂豪邁、氣貫長虹，那麼她的後半生則是「輸與寒鴉，占取垂楊終古」的清心寡欲和無奈。正如她在人生謝幕之前所留下的那一首絕命詞：「護首探花亦可哀，平身功績忍重埋。匆匆說法談經後，我到人間只此回」，大有平生風雨已成煙，來世一場皆成空的悲愴。如果時光能夠倒回，誰會料想到，昔日那個為救亡圖存發聲的女權宣導者，最後竟成了佛教禮儀下的參禪悟道者，其角色的易位，實在令人唏噓。

如果硬要感喟，只可嘆時勢弄人。呂碧城本是一個驚才絕豔的紅粉英雄，卻因身在亂世，遭逢家庭的變故和時代的衝擊，一生起起落落；雖有光環罩頂的光鮮歲月，卻又難逃顛沛流離的命運，以致晚景淒涼，孤獨終老。她吟詩作賦、宣揚女權、興辦女校、投身革命、精於商貿、遊學興國、激情演講……凡此種種，樣樣不落人後，卻終以「浮生若夢」收場，一代才女的絕代風華就這樣湮沒於紅塵中。

從唐朝皮日休的「夢入瓊樓寒有月，行過石樹凍無煙」，到宋代蘇軾的「我欲乘風歸去，又恐瓊樓玉宇，高處不勝寒」，那座素雅清靜的「瓊樓」，卻總予人淒寒蒼涼之感。暮年的呂碧城，也許會回想起轟轟烈烈的前塵往事，做一聲無謂的嘆息，但即刻周身的空寂，才是真實迫人的。呂碧城的《瓊樓》中，「蒼冥」怎可「意已闌」？道的恐怕是這世事無常，昨日今朝，只當是浮生一夢，終究成空之意。倒是龔自珍《天仙子》中的「天仙偶厭住瓊樓，乞得人間一度遊」，與呂碧城的「**我到人間只此回**」有點呼應之感。如果說這位文名卓著的紅粉佳人是墜入凡塵的仙子，那麼，她終究也厭倦了這人間之旅。但是，我們亦不知，在那「我到人間只此回」的決絕中，她的心境，是哀還是幸。

「**棋罷忘言誰勝負，夢餘無跡認悲歡**」一句，更是情淒意切，讀罷令人悲從中來；美人已遲暮，所謂的「勝負」和「悲歡」之於她，已然不重要了，即使認輸，即使認悲，那又如何呢？反正她的世界早已繁華落盡，一片清寧。既然人生只是夢一場，那這萬事成空的結局，也是自然。

只是，在旁人看來，呂碧城的一生，儘管有過萬人爭羨的盛景，但她終身未嫁，顛沛流離，孑然一身，不免十分遺憾。如果不是家道中落，不是為救母親而強出頭，父親曾經替她許下的那門親事，毫不意外會被成全吧。只可恨世風日下，大都是人走茶涼，**與她有了婚約的汪家，竟以怕「鎮」不住她為由，主動解除婚約**。這件事對呂碧城的一生應該頗有影響，不能說她的獨身主義來源於此，但陰影必定存在。

成年後，**豔光四射**的她在社交場上遊刃有餘，傾心的人不是沒有。但是，只因她從小就經歷了非常人的苦難，且心懷大志，擁有十足的魄力和膽識，又有幾人能撥動她的情弦？那些環繞身側的泛泛之輩，更入不了她的眼。縱使有好友操心她的終身大事，她卻說道：「**生平可稱許之男子不多**，梁任公（梁啟超）早有妻室，汪季新（汪精衛）年歲較輕，汪榮寶尚不錯，亦已有偶。張嗇公（張謇）曾為諸貞壯作伐（按：為人作媒），貞壯詩才固佳，奈年屆不惑，鬢髮皆白何！**我之目的，不在資產及門第，而在於文學上之地位。因此難得相當伴侶**，只有以文學自娛耳。」後來有人提出袁世凱之子袁克文，呂碧城略沉吟後方道：「袁屬公子哥兒，只許在歡場中偎紅依翠耳。」由此可見，對於擇偶一事，她極有主見。遺憾的是，被她看中的人，皆註定不是她的良人。

若換到現在，女人們可能會以「嫁給自己所愛的，不如嫁給愛自己的」相勸，但以呂碧城的性格，怎可能「將就」呢？對此，思想家嚴復在給其甥女何紉蘭的信中就曾提及：「碧城心高氣傲，舉所見男女，無一當其意者……吾常勸其不必用功，早覓佳對，渠（按：他或她，第三人稱）意深不謂然，大有立志不嫁以終其身之意，其可嘆也。」這不禁讓人想起另一位民國才女關露，她同樣終身未嫁。關露把畢生精力奉獻給了黨和國家，最後因惡病纏身而自殺，然而在她的遺物中，卻珍藏著戀人王炳南的照片，照片背面更有字樣：「你關愛我一時，我關愛你一世」。與之相比，呂碧城的心無所繫，不知道算不算是更大的遺憾呢？

寫下《瓊樓》這首詞作之時，呂碧城早已皈依三寶，笑看紅塵。這位昔日的社交場明星，從藉由《大公報》的一席之地，在文壇上大展拳腳；到在時任直隸總督袁世凱的支持下，出任北洋女子公學總教習；再到擔任北京女子師範學堂（原北洋女子公學）的監督，又到出任民國總統袁世凱的機要祕書，直至任參政，她的謀略與膽識就連一些同時代的鬚眉也望塵莫及。可嘆身處亂世，一切都岌岌可危。

一九一五年，因看不慣袁世凱及其追隨者的種種行徑，呂碧城毅然辭職，攜母移居上海，接著從事貿易，**正式轉入商戰。由於她的交際手腕了得**，即使轉行，也很快就得心應手，僅兩、三年的時間，便積聚起可觀的財富，**成為富甲一方的女商人**，生活也極盡奢華。

作為單身的女富豪，呂碧城的內心，必定也有著無人洞見的淒涼與荒蕪吧。「欲擬騷詞賦天問，萬靈淒惻繞吟壇」，怕是窮盡此生的精力與才華，看盡世間百態，早已幽然自覺、心意闌珊

▲ 1918 年，呂碧城前往美國就讀哥倫比亞大學。

了吧。其實早在民國初年，她就對宗教產生了興趣，但她真正信佛，則是在一九二九年，當時她旅居英國倫敦。次年，她正式皈依三寶，成為在家居士，法名曼智。第二次世界大戰以後，她回到香港，住在東蓮覺苑，一心禮佛。

一九四三年一月二十四日，這位有著傳奇人生的一代才女在香港孤獨而終，身畔空無一人，享年六十一歲。遵照她的遺言，人們將之火化後，把骨灰和入麵粉為丸，投於南中國海，正應了她「碧海量愁未覺寬」這一句——因著浩瀚海宇的庇護，她的一縷香魂，定然不再空蕩寂寥。

第四章

多情人自是有情痴，留恨不關風與月

縱是亂世，依然有許多痴情人，為情痴狂，為情病骨支離、眾叛親離。愛情本身並無對錯，早知那一次傾心的相遇只叫人萬劫不復，誰又敢妄自飛蛾撲火？

1.

白薇非楊騷不愛，楊騷非白薇不逃

我非愛你不可，非和你往來不可。
你要尊重我的無邪氣，
不要把我無邪氣的可愛的靈魂殺死！

——白薇

如此任性痴狂的情書，只有白薇寫得出來。

早年一直在逃亡路上的白薇，恐怕連做夢也沒想到，有朝一日，她竟會寫出這般纏綿的文字，成為追逐的那一個——也許楊騷註定是她的劫難，且占了她一生劫難的三分之二。

白薇原名黃彰，出生在湖南資興市秀流村（今白廊鄉大秀流村）。她的父親黃晦曾留學日本，加入同盟會，並參加過辛亥革命，但骨子裡卻封建保守。留洋歸來的黃晦在家鄉興辦了一所新式小學，之後大部分時間都在外面漂泊，家裡的大小事全由妻子何姣靈說了算。白薇六歲時，何姣靈便做主把她許配給鄰村何寡婦的兒子。據說何寡婦以彪悍聞名，至於何姣靈為何把女兒許給這樣一戶人家，還真是令人匪夷所思。

當白薇無憂無慮的長到十六歲，何寡婦就上門來逼婚了。

自小受到民主主義思想薰陶的白薇自然十分抗拒這門親事，只好苦苦哀求父母，希望他們取消這場包辦婚姻。可是，滿腦子封建禮儀的父親黃晦卻說：「父母之命是幾千年的祖訓，祖宗之法不可違。」無視白薇的

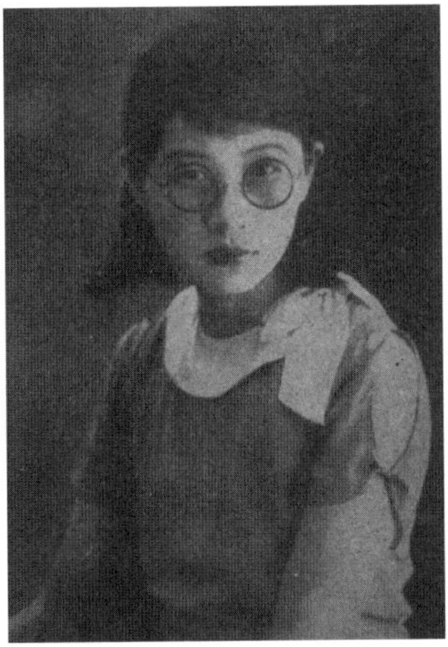

▲ 白薇。

委屈和抵抗。就這樣，婆家夥同娘家一起，硬是押著她上了花轎。

婚後，白薇的惡夢來了——她除了包攬所有的家務，還得忍受婆婆的挑剔和丈夫的粗暴。尤其當她久未懷孕，婆家更是三天兩頭的虐待她。一次，婆婆和丈夫合夥傷斷了她的腳筋，把她打得遍體鱗傷；即使飽受折磨的白薇趁天黑逃回娘家，卻被封建的父親黃晦送了回來。

漸漸的，白薇對周遭的一切絕望了，繼而含恨出逃。後來，在舅舅的幫助下，她來到衡陽第三女子師範學校當插班生；這一年，她二十一歲。讀書期間，她因帶領同學驅逐洋教士而被學校開除，後來轉到長沙省立第一女子師範學校就讀。這裡的學習生活同樣讓白薇感到無聊壓抑，但好在有《新青年》等進步刊物的陪伴，使她留了下來。然而，就在她畢業之際，父親黃晦卻找到學校裡來，意欲將她綁回婆家。

這一次，二十五歲的白薇再次選擇出逃。她在妹妹和校友的幫助下，一路驚險的逃到日本。在日本，她吃盡了苦頭，最終以優異的成績考取了日本女子最高學府——東京高等女子師範學校。在大學，她先是主修生物學，兼學歷史、教育及心理學，並自學美學、佛學、哲學等。到最後，她決心「以文學為武器，解剖封建資本主義的黑暗，同時表白被壓迫者的慘痛」，遂改學文學。在此期間，她創作了三幕劇《蘇斐》並擔任主角；後來，**《蘇斐》在《小說月報》和魯迅主編的《語絲》上發表，從此將她推上文壇**。

在日本，三十歲的白薇遇見了她生命中的又一次劫難——詩人楊騷（字維銓）。楊騷來自福建漳州，中學畢業後留學日本，其人才華橫溢，風流自許。他比白薇（號素如）小六歲，故他叫她素姐，她則稱他維弟。

相遇之前，他們都曾遭受情傷。楊騷此前的戀人是湖南姑娘凌琴如，最後卻以失戀告終；而白薇暗戀的人恰巧是凌琴如的哥哥凌璧如，可惜落花有情、春風無意，白薇深陷在愛而不得的痛苦裡，不可自拔。就這樣，兩個有著曲折關聯的人，居然相遇了，相同的處境和心情讓他們惺惺相惜，最後竟走到了一起。對於這次戀愛，白薇是全情投入的，因為她對楊騷算是一見鍾情。她甚至對他說：「你是我見過的最清新、最純潔，不帶俗氣的男性。」而楊騷呢，卻並不如白薇堅定。也許是最初的激情很快便退去了，也許是他壓根就沒有走出前一段感情的陰影，也或許是**他無法承受白薇飛蛾撲火般炙熱的感情，總之——他不辭而別**。

直到回了杭州，楊騷才寫信給白薇，信中他向她坦誠，說自己始終無法忘懷凌琴如，他還勸白薇：「莫傷心、莫悲戚，莫再愛你這個不可愛的弟弟。」他以為這樣就能斷了白薇的掛念，沒想到幾天之後，她卻風塵僕僕、一臉無辜的出現在他面前。路費是她東拼西湊借來的，杭州這座城市也是她當年想方設法逃離的，而今，她為了他，果真是萬劫不復了——面對她的痴情，他非但不感動，反倒對她大發雷霆，並烙下狠話：「自己滾回去，別跟來！」然後揚長而去。為此，白薇哀傷得病倒在杭州，再加上身無

▲ 日本時期的楊騷。

分文，最後只好賣掉一部詩劇來看病、吃飯、租房，楊騷卻任憑她四處尋找，就是不肯現身。走投無路的她，日本是回不去了，索性隻身前往上海。

後來，她聽說他已回到漳州老家，便立刻寫信給他，但他沒有任何回應。不久，她又聽說他跑到新加坡當窮教師去了，於是又**一封接一封的寄信給他，每一封信都是一篇情書，都有她情深意長的告白**。她對他說：「愛弟，我非愛你不可，非和你往來不可。你要尊重我的無邪氣，不要把我無邪氣的可愛的靈魂殺死！」

面對白薇接二連三的書信轟炸，楊騷苦惱至極。最後，他寫了一封信給她：「我是愛妳的啊！相信我，我最愛的女人就是妳，妳一定要記著！但我要去經驗過一百個女人，然後疲憊殘傷，憔悴得像一株從病室裡搬出來的楊柳，永遠倒在妳懷中！妳等著，三年後我一定回來找妳！」楊騷的態度讓白薇陷入痛苦的深淵，絕望中的她甚至想到了死；但最後，她選擇拿起手中的筆，將滿腔的憾恨惆悵付諸文字，要把心中的痛苦都宣洩出來。這時她的身體已經很差了，但她仍舊不管不顧的寫，忍著身體的病痛寫，流著相思的眼淚寫，咳著血也要寫……這一時期，她的作品產量十分驚人，後來陳西瀅（中國文學家）還特地在《現代評論》上介紹她，稱她是「突然發現的新文壇的一顆明星」——這些都是一九二六年的事了。

不料，到了一九二七年，楊騷卻回來了。

再度相逢的兩個人，似乎全然忘記了之前的恩怨情仇，選擇再續前緣。他們終日廝守，一起買菜做飯、談詩論作，雙雙成為上海灘的文學新星。不久，他們決定結婚，先是給親朋好友發請帖，再到餐館訂了酒席，一切都已經備妥了。可到了婚禮當天，新郎卻沒有出現……**楊騷再次逃跑了**。

自此，白薇對楊騷心如死灰，開始以犀利的筆調對他口誅筆伐；她為自己在他身上荒廢的年華深覺悲哀，更為自己的一往情深感到羞愧。後來，她提出和他合出一本情書集，作為他們多年來愛恨糾葛的一個交代，而私心裡，她只想給自己一個交代，以告別那些追隨他的荒誕歲月。最後，她把這本情書集定名為《昨夜》，意即「棄我去者，昨日之日不可留」；在序言中，她傷感的寫道：「出賣情書，極端無聊心酸／和『屠場』裡的強健勇敢奮鬥的瑪莉亞／為著窮困到極點去出賣青春的無聊心酸！」

為了使自己徹底走出這場情傷，她不惜把自己情感的隱私和盤托出，畢竟關於她和他的種種過往，她可是一點記憶都不想留下了。待二十餘萬字的《昨夜》出版後，他們便徹底分道揚鑣。

一九三八年冬天，楊騷到了重慶，並加入「文協」（中華全國文藝界抗敵協會）。一九四〇年，白薇也來到重慶，與楊騷及張恨水等文人一起避居在文協的所在地：南溫泉。雖然又相處在一起，但兩人此時相敬如賓。有一次，久病纏身的白薇突發舊疾，不僅發著高燒、說著胡話，甚至昏迷不醒。**楊騷見狀，衣不解帶的照顧這位舊日戀人**，七天七夜寸步不離；此時的他內心五味雜陳，因為他知道，她落得這一身病痛，都是拜自己所賜——楊騷的心中突生愧疚和憐憫，所以在白薇病好後，他一再請求與她復合，就連他們的那些文人朋友，也都加入了勸說她的隊伍，希望兩人能重修舊好。

面對曾經深愛的人的懺悔和真誠，白薇不是沒有動搖過，但是那些受過的傷還在隱隱作痛，她怎敢再次敞開心扉？她拖著病體回到了自己的住處，不再接受楊騷的照顧。在一年後寫給楊騷的信中，她說：「你現在變成一個完全的好人了，在這一轉變下，從此，你深植於我心裡的恨根，也完全拔掉了；你在我身上種下無限刺心的痛苦，也煙消霧散了……我快樂，我將一天天健康起來！這不能不對你的轉變做深深的感激！」

大半生的愛恨糾纏，使白薇和楊騷這一對怨偶即使未成夫妻，也無法完全將對方撇離自己的生活。皖南事變（一九四一年）後，楊騷聽從周恩來的指示，疏散到了新加坡；在那裡，他每個月都會從自己不到七十元的薪水中，抽出五十元寄給白薇。一直到一九四四年，在體認到自己與白薇修好無望的情況下，楊騷選擇與新加坡姑娘陳仁娘結婚。

白薇呢，卻在這一場耗費了她二十多年光陰的情愛裡傷筋動骨，無法再愛。年老的她貧困潦倒、重疾纏身、脾氣暴躁，孤零零的住在北京和平里一個居民區裡。一九八七年八月二十七日，這個一生充滿劫難的悲情才女孤獨的走完了一生。

2. 蕭紅遭囚禁暗室，三郎拚命解其憂

《致方曦》——蕭紅

高樓舉目望，咫尺天涯間。
百喚無一應，誰知離恨多。

作為民國時期紅極一時的著名女作家，蕭紅的一生很短，故事卻很長。

一九一一年，蕭紅出生於黑龍江呼蘭縣的一個封建地主家庭。其父張廷舉長期擔任官吏，但封建階級思想嚴重，冥頑不靈。雖然蕭紅是四個孩子中唯一的女孩，卻不得父親的歡心；母親姜玉蘭於一九一九年去世後，父親續弦，繼母卻對四個孩子感情淡薄。於蕭紅而言，唯一的依靠是祖父張維禎；祖父教她讀古詩，開啟了她文學上的啟蒙教育。

在蕭紅年幼時，父親便給她許了一門親事，對方是呼蘭縣駐軍幫統汪廷蘭的公子汪恩甲。但是蕭紅一心向學，對兒女情事開竅較晚；在她的堅持下，她進入哈爾濱市東省特別區區立第一女子中學就學。在校期間，她積極的參加學生聯合會組織的反日遊行，有著飽滿的愛國熱情和鬥爭勇氣。

一九二九年，祖父去世帶給蕭紅沉重的打擊，從此，她對那個親情疏離的家更是無所留戀。次年，初中畢業的她違抗父親的意願，逃婚到了北平，並進入女子師範學院的附中學習。關於逃婚的原因，想必關乎很多方面，但毋庸置疑的是，她作為一個受了多年教育的女子，因能識文斷字，自然不同於傳統的閨中人，哪裡能忍受別人擺布自己的人生？況且許配之人還是個紈褲子弟，就更不

▲蕭紅，本名張廼瑩。

受她待見了。而她的出逃，自然觸怒了本就與她關係淺薄的父親；後者宣布開除她的祖籍，倔強的她亦發誓永不回這個缺乏溫情的家。

然而，生活總不會太容易。負氣出逃的蕭紅很快就因資金不足，而被附中退學。生活既已無以為繼，在北平又舉目無親，無奈之下，蕭紅只好重返哈爾濱；不過命運總是喜歡開玩笑，一九三二年，**她竟然在哈爾濱重遇汪恩甲**。汪恩甲雖是個花花公子，對感情之事從不認真，但蕭紅的逃婚無疑讓他蒙羞，因此他斷不可能放過這次重逢的好機會——他把走投無路的蕭紅安頓在旅館裡，說要和她結婚，並承諾陪她去北平念書。

蕭紅雖然天資聰慧、個性剛烈，但畢竟對洞察男人缺乏經驗，竟對汪恩甲的花言巧語信以為真，糊裡糊塗的和他展開同居生活。兩人在哈爾濱道外正陽十六道街的東興順旅館居住了大半年，期間蕭紅甚至懷上身孕。然而，由於汪恩甲的公子哥習氣一點都沒變——既愛吸食鴉片，又要吃喝嫖賭——很快就把積蓄花光；眼看產期臨近，他們不但連房租也無法交付，甚至倒欠旅館食宿費高達六百餘元。後來，汪恩甲以回家籌款為由，**拋下身懷六甲的蕭紅一去不復返**，旅館老闆於是上門索債。一見蕭紅壓根拿不出毫釐，更別說是六百元的巨額了，旅館老闆又氣又怒，遂將蕭紅軟禁在二樓一間陰暗潮溼的儲藏室裡，且不顧她挺個大肚子，計畫著要將她賣到妓院來抵債。

此時的蕭紅，從一個一出校門就受人蒙蔽的少女，淪落成大腹便便的棄婦，一連串的打擊幾乎讓她招架不住，一時之間陷入哀毀骨立的境地。孤立無援中，她寫了《對鏡有感》，抒發她遭人遺棄後的絕望，還有亟待救援的急切心情。

就在這個時候，她生命中最重要的男人——三郎出現了。

雖然被囚禁在暗室的蕭紅，一直想方設法自救，可她只是一個弱女子，既失去自由，又手無縛雞之力，要掙得六百元贖身確非易事，而且在那個年代，六百元不啻於一個天文數字。最後，她想到了同在哈爾濱的《國際協報》，便想向報社求助——因為在此之前，她也曾向報社投過稿，以賺取一些微薄的生活費。畢竟她從小就跟隨祖父學詩習文，再加上多年接受教育的經歷，她的文章還算寫得不錯；而且就在那一來二去間，她倒是與《國際協報》的副刊編輯裴馨園，變得較為熟絡。於是，裴馨園在接到蕭紅的信後，遂派友人三郎（筆名，本名劉鴻霖，後改名蕭軍）前去探視。這個三郎平日在《國際協報》協助裴馨園批閱來稿，食宿也在裴馨園家中，與裴馨園相交甚好。既然好友開口，他當然義不容辭的應承下來，隔日便去東興順旅館看望蕭紅。

冥冥之中，似乎有著某種天意，將三郎與蕭紅的命運牽扯在一起……。

初次相見，三郎看到的是一個年紀輕輕就白髮叢生的弱女子，且還懷著七、八個月大的身孕，立刻對她生出了憐憫之心。而在看了她隨意寫下的小詩後，他對她的感情，又瞬間發生了變化。蕭紅在紙片上寫的是：

這邊樹葉綠了，

那邊清溪唱著……

姑娘啊！

春天到了……

去年在北京，

正是吃青杏的時候；
今年我的命運，
比青杏還酸！

讀著這樣的文字，三郎發覺眼前這個不幸的女子並不一般，其才氣難以掩蓋。而這首詩，與她本人是如此契合，一樣的讓人忍不住想要呵護。於是，率直的三郎對蕭紅說：「妳的詩寫得真好，妳就是我心目中的女神。」他的話讓她破愁為笑，頓時對這個豪爽的東北男人充滿好感，兩人進而相談甚歡，這是蕭紅難得的開心時刻。

從此，三郎經常到東興順旅館看望蕭紅，並介紹好友方曦與她認識。方曦當時是哈爾濱《東三省商報》的副刊主編，而

▲ 蕭紅與蕭軍（三郎）。

《東三省商報》位於道外正陽十四道街，與東興順旅館僅隔了兩條街；相較之下，《國際協報》和裴馨園的家都位於哈爾濱道里區，距離東興順旅館較遠。蕭紅與方曦相熟後，很希望方曦能經常去她那兒坐坐，與她聊聊天，畢竟她終日裹足於那一方黑暗的小小空間裡，心中抑鬱難耐，總想尋點生氣。可是，一則為了避嫌，二則考慮到當時的蕭紅與三郎，似乎已經確定了戀愛關係，**方曦不想讓三郎誤會，只好對蕭紅的邀請再三推脫**；蕭紅為此又氣又惱，便譏諷方曦是封建頑固分子。在本篇開頭這首《致方曦》中，她更是以委婉之語，表達了對方曦避不見面的失落和小小不滿。

其中的「尺咫天涯」，自然說的是方曦與她相隔本近，卻「遙不可及」，嗔怪之情不言而喻；「天涯」一詞，其實飽含著她滿心苦楚無人訴說的無奈。有道是「相逢何必曾相識，同是天涯淪落人」，在蕭紅看來，方曦是三郎的朋友，自然也是自己的朋友，那麼既然是朋友，就不該過於拘謹，心生嫌隙。再說他與她僅兩街之隔，偶爾來看看她又何妨？由此可見，在蕭紅的骨子裡，始終有著常人所不及的大膽與叛逆，一如她當初說逃就逃的勇氣，雖然生在那個世風未開的年代，她卻因受了文化教育而變得開化。

最重要的一點是，她現今的處境令她整日憂心忡忡，高額的負債將她壓得喘不過氣來，儘管三郎、方曦，甚至裴馨園都有心幫助她，卻終究有心無力，畢竟六百元對他們來說仍然望塵莫及。正因為如此，蕭紅才更希望有人來替她解悶，以驅除內心的不安與孤寂。縱使三郎一有空就會來，卻也不會太頻繁，畢竟他離她甚遠，且《國際協報》的工作也很繁雜；所以除此之外，也就方曦能讓她有點希望。但方曦也有自己的想法，他與三郎情如兄弟，即使他心澄澈，也難免害怕被對方誤會，畢竟戀愛中的人敏感又多疑……可其實，在這件事情上，方曦倒是多慮了。因為他把蕭紅寫的這首詩給三郎看過之後，三郎對此毫無芥蒂——他很理解蕭紅的寂寥，反而恨自己分身乏術，不能時刻伴在她的身側，讓她終日陷於無助和焦慮中。

「百喚無一應，誰知離恨多。」好似在指方曦，又像在說三郎，更像蕭紅百無聊賴的負氣之語。若此真乃她心中真意，怕是要讓深愛她的三郎難堪了。雖然戀愛中的人都希望朝朝暮暮長相廝守，也有「一日不見如隔三秋」的矯情之說，但在他們身處的亂世，那樣如膠似漆的愛情幾乎是奢侈，想必冰雪聰明的蕭紅對此也心知肚明……也許，她只是想藉由對方曦的不滿，來宣洩自己心中的苦惱罷了。但命運總是玄之又玄，這一句「誰知離恨多」倒是一語成讖，在她短暫的生命中無比準確的應驗了。

她與三郎幾經波折，終於結成夫妻。在此之前，蕭紅誕下了汪恩甲的女兒，後因無力撫養而送人。至於她欠下的巨額債務，也因松花江決堤，淹沒整個市區，她才得以趁亂逃跑。後來因時局動亂，夫妻倆來到青島，並有幸結識了魯迅；在這裡，三郎挖掘出了蕭紅的文學潛力，鼓勵她寫作，兩人還合作完成了小說散文集《跋涉》。一九三五年，《生死場》的出版讓蕭紅聲名鵲起，這也是她一生中最快樂的時光。

然而生活雖然好轉，夫妻兩人的關係卻出現了裂痕。蕭軍因外遇而決定在臨汾打游擊，蕭紅希望去西安，兩人最終於一九三八年分手，此時蕭紅已經懷孕。不久，她與作家端木蕻（按：音同鬨）良結婚，而她與三郎的孩子也在出生後不久夭折。一九四二年，在戰火紛飛中，蕭紅因病不治而亡，享年三十一歲。她的一生在經歷了無數的離恨之後，最終也早早與世界恨別。

3. 蘇曼殊、百助楓子一見傾心，恨不相逢未剃時

《本事詩・烏舍凌波肌似雪》——蘇曼殊

烏舍凌波肌似雪，親持紅葉索題詩。
還卿一缽無情淚，恨不相逢未剃時。
春雨樓頭尺八簫，何時歸看浙江潮？
芒鞋破缽無人識，踏過櫻花第幾橋？

蘇曼殊的父親曾在日本經商，和一名日本下女生下了他；三個月後，其生母不告而別，他自小便不知母愛為何物。五歲那年，他隨父親回到祖籍廣東香山。父親的家鄉是一個山清水秀的小鎮，四面環山，滿山松竹，風景優美。這樣的環境應該可以帶給他純粹的歡樂，卻偏偏因為複雜的身世，他不幸遭到家族與鄉親的嘲笑與歧視。

壓抑的環境讓童年的蘇曼殊過早成熟，把自己圈定在一個世界裡，漸漸成長為孤僻的孩子。

十二歲那年，蘇曼殊大病一場，最後被家人扔進柴房，無人問津。幸好奄奄一息的他命大，很快又奇跡般的活了過來；但是，這段慘遭拋棄的經歷讓他受傷很深，成為一生也走不出的陰影。十三歲那年，他竟看破紅塵，跑到廣州長壽寺出家，然而最終又因偷吃鴿肉，犯了殺生戒而被逐出廟門。十五歲時，蘇曼殊隨表兄東渡扶桑（按：日本的別稱），意在尋母；第二年，他的養母河合仙帶他來到出生地，即距離橫濱不遠的逗子櫻山村。就在這個美麗的小山村裡，他經歷了一段刻骨銘心的初戀之殤，從此改變了他的人生軌跡。

▲蘇曼殊與日籍生母。

在逗子櫻山村，他與純真的日本姑娘菊子一見傾心，不料兩人的戀情，卻遭到蘇家強烈反對。蘇家責罵蘇曼殊敗壞了家族名聲，並問罪於菊子的雙親，菊子的父母於是在一怒之下，當眾將女兒痛打了一頓。不幸的是，就在當天夜裡，菊子投海身亡；眼看純情的**初戀情人就這樣被世俗活活逼死**，蘇曼殊頓時五臟俱碎，痛不欲生。他痛，痛他美麗可人的菊子，就這樣受了他的牽連，早早的與塵世恨別；他恨，恨自己的親人成了殺死菊子的劊子手；他怨，怨世道的不公，十多年來，他第一次享受愛與被愛的甜蜜，結果竟如此短暫，並以殘忍的方式收尾；他怒，怒這坎坷的命運，似乎讓自己背負著不祥的詛咒降臨人世，帶來數不盡的不幸——就是在這種悲憤交加、萬念俱灰的心情下，他離開日本回到廣州，前往蒲澗寺再次出家。

但二度出家的蘇曼殊終歸是凡心未泯，在寺廟裡待沒幾年，便又耐不住寂寞還俗了。這一次，他跑到了上海，並祕密從事反清活動，一度想要刺殺「保皇派」康有為。在遭到通緝後，他被迫逃亡到日本。

世人都說人的情緣可以牽繫他的三生，如果這一世有斷不了的情緣債，就會在下一世繼續償還，直到澈底緣盡，才算真正解脫。來到世上的我們，天生就背負著尋覓自己另一半的責任，所以此生就有人被情緣糾纏著，始終無法解脫，終其一生都在情緣的網裡越掙越深，越深越掙。歲月流逝，當過往的時光漸漸成為記憶，情緣就變成了一種祭奠。

「驚鴻一瞥」，用這個詞來形容蘇曼殊**在東京一場小型音樂會上邂逅登臺彈箏的百助楓子**，再恰當不過了。在見到她的瞬間，蘇曼殊本該平靜的心湖再次掀起波瀾。

那是一位美麗如蝶的女子，出自其手的潺潺箏音似蝶翩然飛舞，將蘇曼殊帶離喧囂，到達一個無塵之境。在那裡高山流水、蝶飛燕舞，而且住著一位佳人，這位佳人就是百助，是一名日本彈箏女，她動人的姿色就如藍天白雲般映在蘇曼殊的心湖中，心湖中的弦被她優美纖細的手指撥響，任由她動情的彈奏人間獨有的天籟之音。蘇曼殊澈底淪陷了，他比百助更加驚慌失措，感到從沒有過的動情與心悸——就這麼不經意間，百助將蘇曼殊俘虜了。

蘇曼殊自然不是一個平凡的看客，他甚至不用看百助的容顏，只要靜心聽著流淌的箏音，就能讀懂百助的心事——一個寂寞伶人的心事。當然，吸引蘇曼殊的除了那潺潺的箏音，還有百助身上縈繞的冷豔氣質。蘇曼殊曾經一直流連於煙花柳巷，邂逅過無數才貌雙全的歌伎，也曾愛過、放棄過，甚至失落過，但從來沒有一個人給過他這種驚豔，以及如此別樣的風情。這一次，他陷入了宿命的糾葛裡。

基於愛慕，蘇曼殊在聽完百助的演出後，就打聽了百助的地址，匆匆去拜訪她。坐在這位陌生人的面前，閱人無數的百助亦從蘇曼殊的舉止和氣韻裡，讀出他的不凡。他們就像認識已久的朋友，暢談過去，暢談未來，暢談彼此的喜好。時光匆匆，白天與黑夜的更替就如剎那般短暫。因為醇郁，所以銘心刻骨，不能忘懷——這份感覺，即使相隔多年，依然能從詩歌中體悟到他們兩人那份難以抑止的驚喜。

在長談中，蘇曼殊就這樣輕而易舉的叩開了百助牢牢塵封的心門。百助因為閱盡風塵，多年來都緊閉心扉，冷漠待人。但是在櫻花飄落的時節，一個陌生的男子卻輕輕一推，就讓她的心扉洞開，不知道是該歡喜還是該悲嘆。百助幼稚的以為，這一次交心的長談是愛的開始，更傻傻的認為，這個一見傾心的男子將是她此生最終的依託；但是誰也不知道，戲還沒開場，就已落幕……沒等到百助卸下今日妝顏，做回昨天的自己，蘇曼殊便絕情的選擇逃離。

當百助情真意切的打算以身相許，從此只為他一人彈箏，不管是在櫻花樹下，抑或明月窗前，卻換來蘇曼殊無情的拒絕。對百助來說，蘇曼殊真是太過殘忍，既然他知道最終並不會在一起，那麼為什麼偏偏要去驚擾她的平靜？

在本篇最初那首詩中，拒絕的理由是那麼的冠冕堂皇。可在淒美的情詩裡，即使拒絕非常委婉，百助依然覺得字字滴血。**蘇曼殊反覆的動情，反覆的逃離**，讓人無法猜透他究竟真愛於誰。如若是世間絕代紅顏，他為何要一次次辜負？如果他是時間的苦僧，那他又為何不靜心參禪，

▲出家後的蘇曼殊。

而貪戀人間煙火？或許，蘇曼殊只是習慣了逃離，習慣了對生死無常的恐懼。

柳無忌曾指出蘇曼殊的《本事詩》十首，都是他為其所鍾愛的日本歌伎百助楓子所寫，但蘇曼殊的身世特別，又投身佛門，自知生死無常，不能給予百助家庭的安頓和幸福的保障，故始終未能與百助結婚。

之於百助，也許她由始至終都沒有怪怨過蘇曼殊，儘管蘇曼殊打開了她的心扉，然後又決絕的離開，留給她一個殘忍的背影。她深深的知道，既然情緣如此短暫，那麼挽留也是多餘。曾經想過的依靠，曾經期望的紅袖添香，卻終究還是一個人……那麼，還是回到那個喧囂的舞臺，繼續彈奏著無人能懂的箏曲吧；世間知音只有一人，弦斷無人聽，錯過了就不會回頭。

而蘇曼殊呢，儘管後來他繼續流連歡場，卻只為尋找精神寄託，而不是貪圖身體的歡娛。一九一六年，他從日本歸國，往來於上海與杭州之間。一九一八年五月二日，三十五歲的蘇曼殊因病逝世，多情的人生在美麗的西子湖畔畫下句點，之後他被葬在西泠橋，與江南名妓蘇小小的墓地遙遙相望。

4. 黃侃騙婚黃菊英，一生重婚只結不離

《採桑子》——黃侃

今生未必重相見，遙計他生，誰信他生？縹緲纏綿一種情。

當時留戀成何濟？知有飄零，畢竟飄零，便是飄零也感卿。

他是一個飽受爭議的人。

他是章太炎的得意門生，其學術之精湛，深得老師的讚賞，人們也將他與章太炎、劉師培並稱為「國學大師」。而他的秉性，似乎也繼承了其師章太炎，恃才放曠、言行任性，有「黃瘋」之稱——他，就是民國時期著名的語言文字學家，黃侃。

黃侃的一生「亮點」頗多，既是辛亥革命的先驅之一，又是一個有著典型時代潮流印記的人。他終其一生，都在新與舊、激進與保守、放蕩不羈與嚴謹治學中徘徊；

他孤傲、瘋癲，好讀書，好罵人，也好美色……。

師母湯國梨對黃侃頗有意見，據說是因為她極為看不慣黃侃的風流成性。也有人說，黃侃一生結過九次婚，不過這還有待考證。但是，他與三五女子的感情糾葛，倒是有案可查。

黃侃的髮妻是王氏，乃黃侃之父黃雲鵠的至交之女，兩人聚少離多。他們一九〇四年結婚，但王氏在一九一六年就撒手人寰。黃侃對這個原配的情意，可能也有幾分，他那首著名的五言長篇古體詩《亡妻生日設祭作》，便是為王氏而寫。在詩中，他寫道：「勞生本同夢，恨子獨先寤，世情多反側，危國恆憂懼。……偕老既初心，寒盟嗟失據。……此心終鬱抑，庶幾為子訴。淒風飄帳幃，遺貌坐相顧。何能缶缶歌，悲懷宜一賦。霜

▲黃侃。

夜誠蕭條，裴回候香灶。」然而，他始終是負了她的。就在她生前，他便與同鄉黃紹蘭同居。

黃紹蘭是黃侃的學生，後者曾是前者的塾師。黃紹蘭肄業於北京女子師範大學之後，到上海開辦博文女校，黃侃也從北京一路追到了上海。由於當時王氏尚在人世，黃紹蘭便以沒有名分為由拒絕了他。為了抱得美人歸，黃侃竟使出了下三濫的手段，用假名字來哄騙黃紹蘭嫁給自己。他在婚約上假造了個李某某的名字，並理直氣壯的向黃紹蘭解釋：「我之所以用李某某的名字，屬於法律問題。妳也知道，我家中有髮妻，如果用了真名，豈不是犯了重婚罪？而妳亦然，妳明知故犯，也要負責任的。」就這樣，在**騙取了黃紹蘭的婚姻後**，他才安心的回到北京女師大教書。

然而，髮妻王氏去世不久，黃侃便**與新歡彭欣緗同居並祕密結婚**。黃紹蘭的密友一知道這個消息，馬上告訴了她。已經懷孕的黃紹蘭氣急敗壞的趕到北京，果然看到黃侃與彭欣緗住在一起，而彭欣緗在知道了黃侃的風流帳以後，當下要求黃紹蘭與自己一起控告黃侃重婚。但黃紹蘭是啞巴吃黃連，有苦說不出，因為她知道，黃侃當初與自己結婚是用假名，他早就頗有心機的留了一手。無奈之下，她甚至勸彭欣緗好好和黃侃過日子，自己則挺個大肚子黯然回到上海。

黃紹蘭回到上海後，生下女兒允中，乳名阿玨（按：音同絕）。後來，黃紹蘭的父親看到她未婚產子，當下大發雷霆，認為她辱沒家風，更在盛怒之下與她斷絕了父女關係。走投無路的黃紹蘭之後認識了湯國梨，經湯國梨牽線，**被章太炎破例收為弟子，也是章太炎唯一的女弟子**。此外，湯國梨同情黃紹蘭母女的遭遇，見她們生活艱難，便為她與黃侃調解。誰知黃侃根本不買師母的帳，還大罵黃紹蘭，自此，黃紹蘭終究對他死了心。

然而，黃紹蘭終其一生，都無法擺脫黃侃在她心靈上造成的巨大陰影。抗日戰爭勝利後，黃侃與彭欣緗所生的兩個兒子從重慶返回上海。臨行前，彭欣緗囑咐他們：「到了上海，要先去見黃紹蘭，見面後，必須下跪叩頭叫娘。」兩個孩子到上海後，果然去找了黃紹蘭，並按照母親的囑託，雙雙給黃紹蘭下跪，並恭敬的叫她「娘」。不料，黃紹蘭在看到眼前這兩張和年輕時的黃侃長得一模一樣的臉後，立刻大受刺激，當天便精神病發作，被女兒阿玨送到精神病院治療，不久即告別人世，也有說法是自縊身亡。

而黃侃在負了幾個女人之後，仍死性不改。他在武昌高等師範學校（武昌高師）任教時，愛上了武昌高師的學生黃菊英，並與之相戀。說起黃菊英，她還是黃侃大女兒黃念容的同年級同學。黃菊英經常到黃家串門子，以伯叔之禮對待黃侃，使得黃侃對這位落落大方的女學生是越看越喜歡，漸漸有了愛慕之意。不多時日，兩人竟因相互傾慕而談起戀愛來，沒過多久就宣布了結婚的消息。他們的婚事自然遭到了眾人反對，尤其是女方家人，更是以「同姓不婚」為由，拒絕將女兒嫁給這個風流才子。於是黃侃寫下《採桑子》一首，送給黃菊英，大有訣別之意。

之於黃侃，來世一遭，便要「遵從內心」（他也這樣做了，且毫不在乎自己的任性而為，傷害了多少女子的芳心）。今生既然有緣，何必等到來生，豈不是負了此生？他亦不相信所謂的來生，在他看來，那只不過是世人聊以慰藉的想法罷了。他在今生遇見了她，就不管不顧的一頭扎進愛河，盡情徜徉在對她的愛戀中。他說：「早在我們相戀時，我便知道會有分開的這一天，就像今日我們的處境一樣。但是，我不會因為知道要分開，便停止愛妳。現在，我們果然要分開了，但我依舊不會結束對妳的愛情。老天即使將我們分開，又能把我怎樣呢？沒有了妳的我，還是會枕著對妳的思念，度過漫漫長夜；了此殘生，我會用一生來思念妳，感受妳。」這**與其說是一首訣別詩，不如說是一首煽情的情詩**，通篇滿滿的都是黃侃愛的「宣言」。而情竇初開的純真女學生黃菊英，又怎能抗拒這位情場高手的熾烈感情呢？在讀了此詩後，她大受感動，隨即毅然棄家與他私奔，並很快結為夫妻。

最後，黃侃與黃菊英的這段婚姻，竟然持續到前者去世，實為難得。黃侃去世以後，黃菊英曾經回憶道：「我雖然是他的妻子和學生，但學無所長。而他則不同，他的博學精深，常常讓我為之傾倒。每當重閱他細心批點的古籍，誦讀他情文並茂的詩作，我就會以他的好學精神來自勉。與他結合後，我的人生，開啟了新的篇章。」

也許，他與她，並不是被一時的衝動沖昏了頭腦；她愛上的，是他的才華橫溢，他愛上的，則是她的純真與仰望。但這樣的愛，究竟是醉還是罪，只待世人評說了。

5. 李叔同視李蘋香為知己，但……不是伴侶

《和補園居士韻，又贈蘋香．其一》——李叔同

慢將別恨怨離居，一幅新愁和淚書。
夢醒揚州狂杜牧，風塵辜負女相如。

一八八〇年，李叔同出身於富貴之家，其父李世珍是同治四年的進士，做了幾年的吏部主事後，便辭官回家經商。據說，他靠經商發家，曾買下天津河東糧店後街六十號的大宅院。李世珍娶有一妻三妾，李叔同的母親王氏為他的第三側室。王氏嫁到李家的時候，年僅十七歲，李世珍卻已經六十五歲。

在李叔同出生之前，李世珍有兩個兒子；但長子在二十歲左右就去世了，次子又體弱多病，而李家本是三代單傳，李世珍怕次子也如長子一樣短命，所以才娶了第三

側室，以延續煙火。兩年後，王氏生下幼子李叔同，這樣一來，兩母子在李家的日子還算過得去；然而命運總是無情，在李叔同五歲的時候，李世珍即撒手人寰，拋下孤兒寡母，母子倆此後的日子，自然不會那麼好過了。李叔同曾對其弟子豐子愷說：「我有許多母親，我的生母很苦。」他更在十五歲時就曾寫下「人生猶似西山日，富貴終如瓦上霜」的詩句，由此可見，年少的他已看盡世態炎涼，而他與母親王氏在李家的處境，也可略知一二。

十六、七歲時，李叔同情竇初開了，**讓他動情的，是一個叫楊翠喜的坤伶**（按：戲曲女演員）。不知是因為楊翠喜的花容月貌，還是她戲裡一顰一笑間的嫵媚姿態，總之，自古才子愛戲子，他對她著了迷，只要有她的戲，他場場不落；每每戲院散場，他總會提著燈籠，陪伴她回到家中。楊翠喜對他亦是有情，他不但是風度翩翩的富家子弟，還為她解說戲曲的歷史背景，指導她唱戲時的身段與唱腔。對於她這個自幼被賣，又孤身周旋於達官顯貴間的戲子來說，李叔同給予了她別樣的溫情，是她亦師亦友的至交。李叔同自然知道楊翠喜的心意，便做起永結同心的美夢來。

然而，好景不常，隨著楊翠喜日漸出名，慕名前來聽她唱戲的高官巨賈也多了起來，其中自然有人打起她的主意。很快的，她就被天津的地方官段芝貴以重金贖出，**送給了慶密親王奕劻**（按：音同框）**和其子載振**。

李叔同聞訊，傷心欲絕，終日以淚洗面，茶飯不思。這可急壞了他的寡母，便火速託人為兒子物色結婚對象，希望透過婚姻來約束他，使他漸漸忘卻傷痛。不日，她就定了兒媳婦人選，對方俞氏是一位茶商的女兒，家境殷實。而此時的李叔同，因為對楊翠喜用情至深，當然無法在短時間內走出失去戀人的痛苦，不過作為一個孝子，他又不願違背母親的心願，遂於一八九七年與俞氏結了婚，這一年，他虛歲十八歲。

▲ 1900 年的李叔同。

婚後第二年，李叔同刻了一枚「南海康君是吾師」的印章，公開表示將追隨康有為和梁啟超，支持他們的變法，因而成為當局的眼中釘。這年暮秋，為了避禍，他偕同母親與妻子，從天津遷往上海居住。在上海，李叔同的人生陷入了低谷，不僅初戀的情傷還在，思想上亦十分消沉。他經常跟著一班公子哥，混跡於十里洋場，與上海灘的眾名伶們打得火熱。就在這一時期，**他認識了上海極負盛名的「詩妓」李蘋香**。

在二十世紀初的大上海，李蘋香可是個響噹噹的名字，她不僅貌美如花，還詩才了得，堪比柳如是（按：明末清初名妓之一，書畫雙絕，美貌、才氣過人）。

李蘋香原本姓黃，名箴，又名黃碧漪，「李蘋香」是她入樂籍之後的化名。她出身於安徽望族，到父輩時，家道已經衰落，於是舉家遷往浙江嘉興。她的祖父是乾隆進士，曾官至禮部尚書，工書善畫，有遺世之作；父親為廩貢生（按：以廩生的資格而被選拔為貢生者；廩生是明清兩代由公家發給銀兩、糧食的生員，貢生是府州縣學生員之學行俱優者，將貢諸京師，升入太學），母親程氏乃嘉興的大家閨秀，善詩文。李蘋香不僅天資聰慧、性情溫婉，善詩詞文章，還出落得亭亭玉立，一頭烏髮自然捲曲，明眸皓齒，別有一番韻味。然而，這樣一個才情女子卻命運多舛，因遇人不淑、被丈夫欺騙賣入青樓，無奈之下淪為妓女。不過成為妓女的李蘋香，依然寫詩作詞，很快在上海的風月場聲名大噪，成為受人追捧的詩妓，還出版了《天韻閣詩選》和《天韻閣尺牘選》，本人也從最初低等的「么二」（按：舊時上海妓院的次等妓女）妓院，轉升入「長三堂子」（按：晚清上海一帶的高級青樓），許多文人雅士都拜倒在她的石榴裙下，**連國學大師章士釗**（按：音同招）、**安徽女詩人呂碧城姐妹，都成了她的座上嘉賓，常與之雅集**。章士釗後來甚至為她寫傳，並找來李叔同寫序。

來到上海後，流連花叢

▲ 皖南詩妓李蘋香。

的李叔同不久便與李蘋香相識，這對才子與詩妓一見傾心，大有知音恨晚之感，從此交往甚密。之於李叔同，他原本以為，他的愛早已遺落在初戀情人楊翠喜身上，即使奉命成了婚，也不願再付出一星半點的愛情。但是，面對像李蘋香這樣婉風流轉、才華馥郁的女子，他又怎能不為之所動？他原本就不是那種浪蕩公子，即使與青樓女子交往，也絲毫沒有淫邪欲念，倒是對這些命運坎坷的弱女子心懷悲憫。與李蘋香相交後，他將她奉為知己，對她坦露心扉，而她，亦將他當作精神慰藉。李叔同進入南洋公學以後，與李蘋香更是交往頻繁，課餘時間幾乎都與她待在一起；才子佳人，把酒言歡、賦詩作詞、風花雪月，好不浪漫。

然而，好景不常，李叔同因母親的病故而深受刺激，決心告別風月場，遠赴日本留學。雖然他對情人李蘋香難以割捨，但他終歸是理智勝於情感，繼而寫下《和補園居士韻，又贈蘋香》七絕四首，與李蘋香告別。事實上，一貧如洗的李叔同根本無力替她贖身。

無奈一朝離居情怨深，李白在其《南流夜郎寄內》中，亦寫下了「夜郎天外怨離居，明月樓中音信疏」的句子。李叔同自知此番與李蘋香離別，也許便是從此天涯難相見，縱是相見應不識。自古風月場中的情愛故事，多是悲情的結局，即使愛得驚心動魄，也難以同看地老天荒。對於李叔同來說，如今慈母逝去，他的前路迷茫，又怎堪耽於風月？所以，也只能辜負他的紅粉佳人了。李蘋香後來在另一才女吳芝瑛的幫助下，才終於恢復自由。

在《和補園居士韻，又贈蘋香·其一》中，從「一幅新愁和淚書」一句，可見他對她倒是真情付出，因為痛與淚，都是真切的。想起他們吟詩唱和的美好歲月，他又怎能無動於衷？先是失去了情投意合的初戀楊翠喜，後又痛失慈愛老母親，現在更要失去眼前這位紅顏知己，他的心，其

▲ 出家後的李叔同（中）。

實早已千瘡百孔了吧！

「夢醒揚州狂杜牧，風塵辜負女相如」一句，表面上說的是杜牧與名妓張好好的情事，實際上卻藉此表達自己對李蘋香的歉意。風流倜儻的杜牧與名妓張好好在南昌沈傳師府上相識，張好好傾慕杜牧的詩才橫溢，杜牧則愛上張好好的色藝雙絕，而後才子佳人湖上泛舟約會，亦執手觀看落日，情深意又長。然而，後來杜牧因要參加國考，贏取功名，無奈之下只能與張好好分手，並於離別前寫下流傳後世的《贈別》一詩，贈與張好好，兩人就此別過。此時此刻的李叔同，想必也真切的體會到：命如落花，總要隨波逐流，千帆過盡後，前程往事都如夢。

三十七歲那年，李叔同把自己多年來悉心珍藏的書籍、字畫、摺扇、金錶等一併贈送給友人，連衣服也全部丟掉，隻身前往杭州虎跑寺出家。為了防止親人和朋友的打擾，他甚至在禪房上貼了四個字：「雖存若歿」，與塵世的所有人事斷絕關係，決絕至極。

6. 離合悲歡各有緣，吳宓至死迷戀毛彥文

《無題》——吳宓

漸能至理窺人天，離合悲歡各有緣。

侍女吹笙引鳳去，花開花落自年年。

一九三五年二月九日，三十三歲的毛彥文與六十六歲的熊希齡在上海三馬路的慕爾堂舉行婚禮。吳宓的同事邀他一起參加婚禮，他以編詩集為由拒絕，並寫下了前面這首《無題》。短短幾句，似是洞穿世間緣分如浮雲聚散，實際上卻流露出他對心上人嫁給他人的耿耿於懷與絕望。

若要說起來，吳宓算得上是中國近代的一位文學鉅子。他學貫中西，博古通今，是清華大學國學院的創辦人之一，人稱「中國比較文學之父」，他還與陳寅恪、湯用

彤並稱「哈佛三傑」。然而，拋開嚴謹治學的一面，他又是一個十足的風流才子。國學大師季羨林曾給他如下評價：「他看似嚴肅、古板，但又頗有一些戀愛的浪漫史，所以矛盾。」事實的確如此，他的戀愛不是一樁，而是一些。不過，在他的這些大情小愛中，他苦戀毛彥文之事，最常成為時人與後人談論的話題。

吳宓與毛彥文的情感糾葛，說來話長。

一九三〇年代，才貌雙全又善於交際的毛彥文備受不少文人雅客傾慕，只可惜佳人早已心有所屬，意中人是表哥朱君毅，兩人相戀多年並已訂婚。話說有一日，在浙江女子師範學校讀書的毛彥文收到表哥朱君毅的來信，信中託她就近觀察她們學校一位名叫陳心一的女大學生，說自己曾經的清華同學吳宓有意娶這位陳女士為妻，但因為吳宓正在美國哈佛大學攻讀比較文學，無法親自觀察，所以想找人打探一下。既然是戀人委託的事，毛彥文自然積極辦妥，之後還寫信客觀彙報了自己的意見，說陳女士乃一舊式女子，長相一般，皮膚稍黑，精通中文，尚未接觸過西學，性格溫順，適合做賢妻良母，但不善交際。

待吳宓回國，與陳心一在見面十三天後便閃電結婚；此後，陳心一更為吳宓生育了三個女兒。在此期間，毛彥文的心上人朱君毅卻內心生變，愛上了江蘇匯文中學一位溫柔可人的女學生。移情別戀的朱君毅還以近親結婚不利後代為由，向毛家提出解除婚約；毛彥文痴戀表哥多年，自然接受不了這樣的變故，於是在萬般無奈之下，求助於吳宓夫婦。儘管吳宓力勸朱君毅改變心意，卻仍然無果，朱、毛兩人最終還是解除了婚約。

面對名花無主的毛彥文，已是有婦之夫的吳宓，內心也隨之發生變化。其實早在清華大學讀書時，他便有幸目睹了毛彥文的絕佳才華。當時，他與同學朱君毅友情甚篤，而朱君毅每每收到表妹毛彥文的信，都會拿給至交吳宓欣賞，就這樣一來二

▲ 吳宓（右二）與家人。

去，吳宓遂對毛彥文的才華傾慕不已。後來，當他從美國回到國內，有幸見到美麗大方的毛彥文，更是暗生愛慕之心，但苦於她是好友的未婚妻，只能悻悻作罷。而今，毛彥文與朱君毅既已分道揚鑣，他對毛彥文的情感，也如同火山一般爆發了。他很快向毛彥文吐露心跡，但不僅遭到佳人的斷然拒絕，還被一頓責罵，因為她與陳心一不但是同學，如今也變成了好友，她豈能容忍吳宓三心兩意。

雖然求愛遭拒，吳宓卻沒有因此死心，他甚至開始計畫與妻子陳心一離婚，理由是她性格木訥、不善交際，與他毫無思想與學術的共通處。他這一行為立刻遭到了眾人的反對，好友**陳寅恪更是對他當頭棒喝**：「學、德不如人，此實吾之大恥。娶妻不如人，又何恥之有？娶妻僅生涯中之一事，小之又小者耳。輕描淡寫，得便了之可也。**不志於學問之大，而兢兢惟求得美妻，是謂愚謬！**」然而，此時的吳宓一心只想早日恢復自由之身，與意中人毛彥文雙宿雙飛，便力排眾議，不顧一切的與陳心一離婚，狠心拋棄了母女四人。其父知道後，甚至當眾罵他「無情無禮，無法無天」！

然而，對於始亂終棄的吳宓，毛彥文自然十分反感。再加上她是一個新潮女性，熱衷於政治和公益事業，而吳宓只是一個執著於寫舊體詩的舊派文人，兩人根本不搭調。因此，不管吳宓怎麼熱烈的追求她，她都與他保持著淡漠的距離。可是，在吳宓看來，卻不是這麼回事——對於毛彥文的若即若離，他將之理解為對方用來考驗自己的矜持，反而越發投入進去。

隨著年紀增大，毛彥文身邊的追求者寥寥，此時的她，估計也有了恨嫁之心。再加上吳宓一直不改初衷的對她示好、大獻殷勤，使得她對他的態度，終究有了些許改觀，只是仍未鬆口。

一九三〇年，毛彥文決定去美國留學，吳宓便主動資助她，並藉機**赴歐進修**，以**籌劃與她在國外結婚**。然而，這一時期的毛彥文，內心始終是糾結的：一方面，她覺得不能對不起好友陳心一；另一方面，吳宓性格暴躁，令她難以忍受。更讓毛彥文始料未及的是，吳宓根本戒不掉他骨子裡的風流浪漫，在一邊對她窮追不捨的同時，他**還周旋在杭州盧葆華女士與金髮美女哈莉特（Harriet）之間**。面對這般狀況，冰雪聰明的毛彥文自然是果斷抽身離開，火速嫁給了六十六歲的國民政府前內閣總理熊希齡。

在毛彥文與熊希齡的大喜之日，深陷於痛苦與絕望中的吳宓寫下了《無題》這首酸情詩。毛彥文的決絕之舉，無疑揉碎了他的痴情，且想到自己為了她拋妻棄女，最終卻落了個兩頭空，他的心中相當五味雜陳。在他的人生中，這一次驚世駭俗的「痴情的花心」，讓他收穫最大的，可能就是明白了一點世間之理——悲歡離合、因緣聚散，都是天註定的。「侍女吹笙引鳳去，花開花落自年年。」毛彥文如同那吹笙侍女，引來鳳凰後又隨之離去，而沒有她的世界，依舊花開花落，年年如是。

然而，吳宓對毛彥文的感情，終究看不開也放不下。毛彥文嫁給熊希齡三年後，熊希齡便因病去世，吳宓一得知消息，立刻重新燃起與毛彥文復合的希望。他寫了很

▲ 毛彥文（左）與熊希齡。

多長信給毛彥文，**信中訴盡相思，毛彥文卻連看也不看的直接退回**。新中國成立前，毛彥文遠渡重洋，定居美國，吳宓倒是仍不死心，又千方百計向海外歸國的人打聽她的消息。可以說，吳宓的後半生過得極其抑鬱淒苦，幾乎日日沉淪於對毛彥文的思念中，每每與她在夢中相會，他都不願醒來，夢方醒時，又徒生惆悵，愴然淚下。

就這樣，吳宓在孤苦伶仃中又度過了一段漫長的歲月。最後，在文革中，備受摧殘的他飽含著對毛彥文無盡的相思，閉上了雙眼。一如他曾經比喻生命中的四個女人——「陳心一如白開水，毛彥文如茶，盧葆華如酒，而哈莉特則如仙露」一樣，那杯茶，讓他回味一生。

7. 風月無邊袁克文，死後送葬隊伍超過四千人

《蝶戀花》——袁克文

繞市繁燈寒欲墜，夜未三更，遍是淒涼意。依約舊時歌舞地，何當重識金銀氣。

又到秋風愁夢裡，白酒黃花，拚卻今宵醉。何處樓高容小睡，閒枝掛葉都憔悴。

袁克文，袁世凱的次子，「民國四公子」之一，素有民國時期「天津青幫幫主」之稱。他的一生稱得上是短暫的，來世一遭，也就四十二個春秋年華，然而他的這一生，榮華富貴享盡，酸甜苦辣備嘗。他人生的一大半，可謂意氣風發，才華既佳、裙釵環繞、勝友如雲，過的是詩酒歡歌、風流快活的歡快日子；但他的晚景，雖說不上淒涼，卻實在不盡如人意，因為他這個曾經沒有時間和心思感傷的人，也時不時的透露出對浮雲世事的慨嘆。

前面這首《蝶戀花》，便是寫於袁克文年華老去之時，此時的他，已不若當年超凡灑脫。當他回首往事，不禁愁腸暗結，為自己戲劇般的人生空嗟嘆⋯⋯。

袁世凱一妻九妾，袁克文生母為其三姨太金氏。這個金氏，據說是朝鮮李王妃的表親，嫁給袁世凱的時候年僅十六歲。這個不諳世事的小姑娘，原本以為嫁給袁世凱是做正室的，嫁過來才知道，對方已經有了原配和一個大姨太太；更為悲慘的是，隨她陪嫁過來的閔氏和吳氏兩個侍女，也都被袁世凱收為姨太太。袁世凱依照她們的年齡，排定吳氏為二姨太，金氏為三姨太，閔氏為四姨太，她們三個都歸大姨太「教導」。金氏對此雖氣憤難平，卻也無可奈何，最後只能抑鬱終生。

金氏生袁克文當日，袁世凱正

▲風度翩翩的「京城四少」之一袁克文。

在漢城公署中午休，恍惚間，似見朝鮮高宗用金鎖鏈牽著一頭斑斕巨豹來訪；袁世凱欣然接受，並把此巨豹繫於庭柱，不料那巨豹竟突然奮起，掙脫鎖鏈，一頭奔入庭後內室。袁世凱大驚，猛然坐起身來，這才發現只是做了一場白日夢。這時，內廳有人出來報喜，說是三姨太生下公子，袁世凱喜不自勝，連忙跑去看他的新麟兒。後來，金氏告知袁世凱，當日生產前，夢見一隻巨獸朝她奔來，她受驚腹痛，不久便產子。袁世凱遂按照「保、世、克、家」的譜牒次序，給這個兒子取名「克文」，字豹岑；「岑」即峻峭之山也，出自「有豹隱南山」之說。

然而，剛誕下兒子的金氏很快又遭受更大的打擊——因大姨太沈氏一直未有子嗣，袁世凱早與她約好，姨太太們生下的第一個孩子將抱養給她，所以，袁克文很快就被宣布成為了大姨太的兒子。縱使金氏百般抗拒，終究於事無補，因為袁世凱的權威可容不得被人忤逆半分。

沈氏對袁克文極其寵愛，恣其所好，致使袁克文養成了一些驕縱的毛病，連其生母金氏都對這種溺愛看不下去。不過，袁克文驕縱歸驕縱，卻瑕不掩瑜——他聰明早慧，六歲識字，七歲讀經史，十歲便會寫文章，十五歲時略通詩詞歌賦，被稱作才子。成年後的袁克文醉心於結交名流，整日飲酒作詩、聽戲唱曲，對政事毫無興趣，疏懶成性。此外，他花錢如流水，煙（鴉片）癮極大，一旦無事，便橫臥一榻噴雲吐霧，晝夜顛倒，每天的鴉片花費有二十元之多，相當於當時的三百斤大米。

在抓週宴上，袁克文曾在眾人期待的目光中，抓起一塊田黃石（按：一種印章石材，簡稱田黃）的圖章。這讓袁世凱大喜過望，心下便想：一兩田黃萬兩金，這個孩子將來必成大器，說不定還是個掌璽佩印、出將入相的大人物呢！然而，成年後的**袁克文卻無心政治**，甚至在袁世凱陰謀復辟帝制的前夕，冒大不韙（按：比喻不顧一切去做全天下人都認為不對的事，韙音同委）寫下《分明》等詩，**以極其隱晦的喻意，勸告其父不要留戀洪憲帝制**，結果反被袁世凱軟禁數月，並且從此失寵。對於放蕩不羈的袁克文來說，他的興趣只在於出入幫會、沉湎女色，所以有「風月盟主」的別稱。

作為「民國四公子」之首的袁克文，一生擁有的妻妾中，有證可查者達十四人之眾。他十六歲時，奉父命與時任天津候補道劉尚文的女兒劉梅真成婚。這個劉梅真，雖說比不上世襲大戶袁家，但也出自官宦之家，生性賢淑、才貌雙全，不但寫得一手漂亮的小楷，還善吟詩作賦，其詩集《倦繡詞》在當時頗有影響，連袁克文都對這個妻子讚賞有加。按理來說，這郎才女貌的一對，應該能過著舉案齊眉的日子，可是清末的男子，有幾個不是三妻四妾的呢？更別說是風流成性的袁二公子了。在與劉梅真成婚之後，他又娶了十多位姨太太，這些女子有的出身青樓，有的來自貧室，但無一不是國色天香的奇女、才女，其中最為著名的有棲瓊、眉雲、小桃紅、薛麗清、蘇臺春、小鶯鶯、唐志君、于佩文等人。當然，這還不包括一些與他熱戀過卻又未進袁家門的女子，如花之春、富春六娘等。

《蝶戀花》一詩中，「依約舊時

▲ 袁克文與夫人劉梅真。

歌舞地」這句，透露出他年華已逝的時候，不知是想起了那些青樓妓館裡的紅顏，還是家中一些早已好聚好散的姨太太？他對女人，往往是愛的時候傾情投入，不愛的時候便果斷分手，所以身邊的女子總是來來去去，最後成為他淒涼晚景時的回憶。想到那一擲千金的風光流年，他只恨好景不常在，所謂的粉牆朱戶、翠繞珠圍，皆恍然若夢。他嘆他的浮生，怕是世間最輕薄，豪門巨室也終成南科一夢，留下一個殘破不堪的神話，任世人道說。

袁世凱死後，袁克文不得不告別他那紙醉金迷的日子，恍若從天堂一下子墜入地獄。作為金包銀裹、終日流連在歌舞歡場的錦衣紈褲，此時的他頓時感到無所適從的不安全感，而在「何處樓高容小睡，閒枝掛葉都憔悴」此句詩中，他這種情緒暴露無遺。**他流離失所**，甚至找不到讓他暫時安穩的床，確實是「飛燕歸時天欲暮，數遍樓臺，知向誰家去」（《蝶戀花・其二・道上逢綿蠻》）；當然，裡頭也加入了一些藝術成分。

在父親去世後，袁克文這位集書法、詩文、戲劇、鑑賞等諸多才藝於一身的落魄才子，開始了他浪跡江湖的生活。他長期客居於上海，以賣字為生，在他書興甚豪的一九二二年，**一天就能題寫四十副對聯，並很快被搶購一空**。又因他一生揮金如土，收購文物，所以收藏頗豐，而在此期間，他不得不把大部分的珍貴文物變賣掉，以維持生計。

一九三一年，袁克文猝逝於天津英租界五十八號路兩宜里袁宅，結束了他富傳奇性的一生，享年四十二歲。他一生交友無數，既有筆墨文翰之交，又有紅顏知己之友，而這些人，倒還真心懷念著他，不僅前來參加出殯儀式的僧、道、尼甚多，就連送葬隊伍也達四千多人，其中有千餘妓女自願繫白頭繩、佩戴袁克文頭像徽章。從他住的兩宜里到西沽墓地，沿途更是搭起了無數祭棚，各行各業人士都前來祭弔，一時竟造成堵塞。

袁克文的一生，或在絲竹弦管中、或在風花雪月之地，消遣時光，縱情人生，最後卻看盡人間百態，體會到「閒枝掛葉都憔悴」的炎涼。但他至情至性、瀟灑恣肆，連謝幕都那麼感天動地，真可謂不枉此生了。

國家圖書館出版品預行編目（CIP）資料

若無相見，怎會相欠：民國大師的愛情——縱橫江湖的他們，最後卻愛成了凡夫俗子 / 何灩著.-- 初版.-- 臺北市：任性，2019.08

304 面；14.8×21公分.--（issue；010）

ISBN 978-986-97208-4-7（平裝）

855 108010575

issue 010

若無相見，怎會相欠

民國大師的愛情——縱橫江湖的他們，最後卻愛成了凡夫俗子

作　　者／何灩
責任編輯／張慈婷
校對編輯／陳竑悳
美術編輯／張皓婷
副總編輯／顏惠君
總 編 輯／吳依瑋
發 行 人／徐仲秋
會　　計／林妙燕
版權主任／林螢瑄
版權經理／郝麗珍
行銷企劃／徐千晴
業務助理／王德渝
業務專員／馬絮盈
業務經理／林裕安
總 經 理／陳絜吾

出 版 者／任性出版有限公司
營運統籌／大是文化有限公司
臺北市 100 衡陽路 7 號 8 樓
編輯部電話：（02）23757911
購書相關資訊請洽：（02）23757911 分機122
24小時讀者服務傳真：（02）23756999
讀者服務E-mail：haom@ms28.hinet.net
郵政劃撥帳號 19983366　戶名／大是文化有限公司

法律顧問／永然聯合法律事務所
香港發行／里人文化事業有限公司 “Anyone Cultural Enterprise Ltd”
地址：香港新界荃灣橫龍街 78 號　正好工業大廈 22 樓 A 室
22/F Block A, Jing Ho Industrial Building, 78 Wang Lung Street, Tsuen Wan, N.T., H.K.
電話：（852）24192288 傳真：（852）24191887

封面設計／林雯瑛
內頁排版／顏麟驊
印　　刷／緯峰印刷股份有限公司

出版日期／2019 年 8 月初版
定　　價／新臺幣 340 元
I S B N　978-986-97208-4-7

有著作權，侵害必究　Printed in Taiwan
（缺頁或裝訂錯誤的書，請寄回更換）

《若無相見，怎會相欠》
Copyright by 何灩
本書中文繁體字版由中國文史出版社有限公司
通過北京同舟人和文化發展有限公司（tzcopyright@163.com）代理
授權任性出版有限公司出版發行